Original Spanish title : "Presidenta por sorpresa"

International Rights © Tormenta
www.tormentalibros.com
rights © tormentalibros.com
© Text: Sara Cano, 2019
© Illustrations: Eugenia Ábalos, 2019

Korean Translation copyright © 2020 Mirae Media & Books, Co.
The Korean edition published by arrangement with Tormenta
through Literary Agency Greenbook, Seoul.

어쩌다 ★ 대통령

사라 카노 지음 · 에우헤니아 아발로스 그림 · 나윤정 옮김

미래인

어쩌다 대통령

1판 1쇄 펴낸날 2020년 1월 20일
1판 2쇄 펴낸날 2020년 6월 30일

지은이 사라 카노 **그린이** 에우헤니아 아발로스 **옮긴이** 나윤정
펴낸이 김민지 **펴낸곳** 미래M&B **책임편집** 황인석 **디자인** 서정민 **영업관리** 장동환, 김하연
등록 1993년 1월 8일(제10-772호) **주소** 서울시 마포구 동교로 134(서교동 464-41) 미진빌딩 2층
전화 02-562-1800(대표) **팩스** 02-562-1885(대표) **전자우편** mirae@miraemnb.com
홈페이지 www.miraeinbooks.com **블로그** blog.naver.com/miraeibooks

ISBN 978-89-8394-876-2 03870

온 마음으로 지지하는
나의 헤수스에게 바칩니다

망할 자작나무들!

보기에는 아무런 해도 입힐 것 같지 않지만 그렇지 않다. 절대. 베툴리아에는 어디에나 자작나무가 있다. 길거리에, 공원에, 베툴리아 국가 문장에도 있고, 심지어 평생을 자작나무에 집착해온 우리 엄마의 머릿속에도 있으니까. 베툴리아는 온통 자작나무다. 지금 내 음식에도 자작나무가 보인다.

"마르타 차크라스! 깨작거리지 말고 다 먹어."

거실에서 아침 요가를 하는 엄마의 목소리가 들렸다. 엄마가 내 전체 이름을 불렀다는 것은 이완에 좋은 요가 수업이 효과가 없었다는 뜻이다.

"서두르지 않으면 우리 다 학교에 늦겠어."

나는 앞에 놓여 있는 초록색 덩어리를 보자 토할 것 같았다. 퀴노아 우유를 넣은 해초죽, 생계피와 어김없이 자일리톨이 놓여 있었다. 우리 엄마가 말씀하시길, 자일리톨은 자작나무에서 추출

7

하는 설탕의 한 종류인데 치아를 청결하게 해주고 아무리 먹어도 살이 안 찐단다. 완전 마법 같네.

그렇지만 해초죽은 정말 질색이다. 건강에야 엄청 좋겠지만 보기만 해도 토할 것 같다. 배가 엄청 고파서 다른 걸 먹고 싶지만, 엄마 말이 맞다. 학교에 늦었다.

"차가 있으면 더 늦게 나가도 되는데….”

"차는 환경 오염의 주범이야. 그리고 너도 알잖아. 아르카노 숲 천년 자작나무들이 방출되는 유해….”

"…가스 때문에 엄청 고통받고 있죠.”

나는 한숨을 쉬며 매일 지겹게 듣는 잔소리를 가로막았다.

"엄마, 나한테 백만 번도 넘게 말했다고요.”

마지막으로 태양에게 아침 인사를 건네는 의식을 마친 엄마가 만족스러운 듯 고개를 끄덕였다.

엄마가 자전거에 오르는 동안 나는 교복 재킷을 입고, 가방을 메고, 엄청 큰 빨간색 헤드폰을 썼다. 그리고 헤드폰 잭을 핸드폰에 연결한 후 내가 가장 좋아하는 그룹 에우포리아(Euphoria)의 음악 재생 목록을 눌렀다.

나의 목표에 도달하기 위해 언덕 아래로 달린다.
브레이크도 없이, 바퀴에 바람이 빠졌다 해도
그 어떤 것도 나를 막을 수 없어.

〈달리며 왔다 갔다〉는 이 그룹의 리드 싱어이자 작곡가인 펠릭스 시다드의 최신 히트곡인데, 아침을 시작하기 위해 나한테 꼭 필요한 에너지 같은 것이다.

"음악 들을 거야?" 엄마가 실망한 듯 물었다. "얘기하면서 가고 싶지 않니?"

"엄마, 난 얘기하거나 페달을 밟거나 둘 중 하나만 해야 돼요. 두 가지를 동시에 하면 죽을 것 같아요."

"그래, 너 좋을 대로 해. 앞에 탈래, 뒤에 탈래?"

"뒤가 더 좋겠어요."

그래야 조금이라도 숨을 수 있으니까. 왜냐하면 그냥 평범한 자전거를 타고 가는 게 아니기 때문이다. 2인용 자전거라니… 맞다, 두 사람이 탈 수 있도록 네 개의 페달과 두 개의 핸들, 그리고 두 개의 안장이 있는 자전거. 엄마 말로는, 페달을 함께 밟으면 관계가 좀 더 가까워지고 '차크라'를 정렬시켜준다나. 차크라는 우리 몸이 가진 일종의 에너지원인데 건강한 순환과 명상으로 채워진다고 한다.

이미 이름이 차크라스인데 그것만으로는 부족한 건가.

숱한 말씨름 끝에 내가 간신히 얻어낸 것은 아르카노 숲을 둘러 가는 게 학교까지 가는 최고의 경로라는 것뿐이다. 좀 돌아가긴 하지만 숲 한가운데를 가로지르는 도로보다 사고의 위험도 더 적고, 자연도 즐길 수 있고… 무엇보다 아무도 이 우스운 자전거를 타고 가는 우리 모습을 보지 못할 테니까.

내가 너무 예민하게 구는 게 아니냐고? 마치 세상에서 나 혼자만 늘 건강식을 먹고, 환경보호를 목숨만큼 중요시하며, 가지가지로 유별나기 짝이 없는 엄마를 둔 것처럼 말이다.

맞다, 그렇게 보일 수도 있다.

그렇지만 엄마는 하루도 빠짐없이 '우리나라를 수호하는 천년 자작나무들'이 있는 숲의 한가운데에 멈춰서, 나무의 에너지를 느끼고 또 나무한테 내 에너지를 전해주라며 5분 동안 그 고목들 중 하나를 껴안고 있게 했다. 그래서 나는 매일 교복 여기저기에 나무껍질이 달라붙은 채로 학교에 가야 했다.

우리 엄마는 '나무 껴안기 대장'이다. 남들 보기 창피하니 제발 그만두자고 사정해도 고집불통이다.

그런데 오늘은 좀 달랐다. 엄마는 코알라처럼 나무에 오르지도 않고, 무아지경에 빠진 것 같은 표정을 짓지도 않았다. 자전거에서 내리더니 돌처럼 굳은 채 잘려 나간 자작나무를 바라봤다. 그리고 갑자기 사시나무 떨듯 떨기 시작했다.

엄마의 눈꺼풀까지 떨리는 게 보였다. '젠'(몸과 마음의 균형:옮긴이)이 흐트러졌다는 뜻인데, 엄마의 젠은 뭔가 엄청 심각한 일이 일어났을 때에만 깨진다.

"엄마, 괜찮아요?"

엄마는 그저 떨리는 손으로 간신히 천년 자작나무를 가리킬 뿐이었다. 잘려 나간 나무에는 대통령 헥토르 루피안의 통통하고 짙은 콧수염 난 얼굴이 있는 포스터가 붙어 있었다.

우리나라에 있는 거의 모든 자일리톨 생산 공장이 그의 것이다. 사실, 베툴리아의 소유주나 다름없다. 왜냐하면 베툴리아에서는 자작나무를 키우지 않는 사람들은 자작나무에서 자일리톨을 추출하는 공장에서 일을 하기 때문이다.

사람들은 헥토르 루피안 대통령이 부패했으며, 실은 마피아 보스일지도 모른다고 얘기한다. 하지만 나는 그 사람이 가장 불쾌하고 정직하지 못한 헥토르 루피안 주니어의 아빠라서 싫을 뿐이다. 학교에서 같이 수업을 듣는 그 녀석은 매일 나한테 인생의 쓴맛이 뭔지를 느끼게 한다.

헥토르 루피안 주니어는 내겐 원수 같은 존재다.

"엄마? 무슨 일이에요?"

"여기 뭐라고 쓰여 있는지 읽어봐."

엄마가 아주 가는 목소리로 말했다.

사실 재미있는 읽을거리가 있을 거라곤 기대하지 않았다. 헥토르 루피안이 또 대통령 후보로 나섰다. 헐, 미치겠네.

대통령 관저의 경비원이 문 닫는 것을 잊어버려 찬바람을 많이 쐬는 바람에, 당시 대통령이던 90대의 할아버지 루피안이 감기에 걸려 세상을 떠났다. 그의 후계자인 현 대통령 루피안은 한 번으로 모자라 악착같이 또 그 자리를 꿰찰 준비를 하고 있었다. 헥토르 루피안 가문이 베툴리아 민주주의의 150년 역사 동안 그러했듯이 말이다.

이번 선거는 2주일 안에 치러질 예정이라고 했다. 저 포스터도 그냥 선거용 벽보 같은데… 아닌가?

대통령은 마치 프로 선수처럼 골프채를 휘두르며 웃음 짓고 있었다. 그리고 그 밑에는 천년 자작나무들을 베어내고 그곳에 골프장을 건설하는 것이 왜 우리나라에 좋은 일인지 설명되어 있었다. 현대적이고 번영하는 부자 나라가 되기 위해 반드시 필요한 것이라 했다.

"이런 루피안스런 사악한 인간 같으니!"

엄마가 격분해서 외쳤다.

"만약 당선되면 저 파렴치한 인간은 우리나라를 망치고 말 거야! 절대 그렇게 되도록 놔둘 수 없어!"

"뭘 어떻게 할 건데요? 엄마가 선거에 나가려고요? 얼른 가요. 우리 늦었어요."

"잠깐만."

엄마가 버들가지로 짠 가방을 뒤적거리더니, 매직펜을 꺼내서 웃고 있는 루피안 대통령의 이빨 하나를 까맣게 칠했다. 그리고 가발(이 불쌍한 멍청이는 국민들이 모르는 줄 알지만, 그 가짜 머리카락 뭉치는 죽은 동물같이 보였다) 위에 악마의 뿔 두 개를 그려 넣었다. 그런 뒤 그 옆에 큼지막한 글씨로 이렇게 적었다.

나무 파괴자

엄마는 내 핸드폰으로 사진을 찍어 SNS에 올린 후 다시 자전거에 올랐다.

보통 엄마와 나는 학교 앞 사거리까지만 함께 자전거를 탔다. 엄마랑 같이 교문에 들어가는 걸 다른 애들한테 보이기 싫어서였다. 그렇지만 오늘은 그렇게 하지 않았다. 자작나무 사건으로 강한 충격을 받은 엄마는 무척 예민해졌고, 옆에 누군가 있어줘야 한다는 게 분명해 보였다. 가끔(아니, 거의 대부분)은 정말 대책 없는 사람이지만, 엄마의 이런 모습을 보니 더 마음이 쓰였다.

"오늘은 같이 들어가요."

나는 엄마한테 손을 내밀었다.

보통 열세 살 청소년들은 모두 엄마에 대해 불만이 많은데, 나만 유별나게 군다고 생각할 수도 있다. 그렇지만 이미 봤다시피 우리 엄마는 진짜 유별나다. 장담하는데, 집에서만 그런다면 나도 그렇게 생각할 것이다.

친구들이 엄마 차크라스, 적들은 그냥 차크라스라고 부르는 엄마는 우리 학교 미술 선생님이다. 그리고 친구들이 딸 차크라스, 적들은 꼬맹이 차크라스라고 부르는 나는 그 학교의 학생이다. 이 정도면 충분히 끔찍하지 않나.

숨을 들이쉰다. 폐를 부풀린다. 숨을 참고 여덟까지 센다. 폐를 비워낸다. 반복한다.

나는 지금 엄마의 요가 선생님인 마스터 파타타샤다가 이완을 위해 가르쳐준 호흡법을 따라 하는 중이다.

그렇지만 내겐 그다지 효과가 없는 것 같다. 왜냐하면 첫째, 전혀 진정이 되지 않고 둘째, 숨을 내쉴 때마다 반짝이 구름이 나오기 때문이다.

그건 티벳 만다라(불교에서 부처가 깨달은 진리를 형상화한 그림: 옮긴이) 때문이다. 티벳 만다라가 뭔지 모르겠다고? 그게 정상이다. 나도 엄마가 학교 수업에서 예술과 불교를 섞어보겠다는 희한한 아이디어를 떠올리기 전까지는 몰랐으니까. 좀 더 설명하자면, 갖가지 도형을 그린 다음 색모래로 덮어 색을 입히는 것이다. 베툴리아의 문구점에서 반짝이는 티벳 색모래는 구하기 힘들기 때문에 우리는 대신에 반짝이를 사용했다. 여기까진 문제없어 보인다고? 천만의 말씀. 티벳 만다라의 마지막 단계는 그걸 파괴하는 것이다. 농담이 아니라 진짜다. 예쁘게 완성이 되면 그걸 쓸어버려야 한다. 삶의 모든 것이, 심지어 가장 아름다운 것들까지도 망가진다는 진리를 상징한다고 한다. 엄마가 그걸 설명하고 자작나무 가지로 된 미니 빗자루를 나눠주자, 아이들은 다들 불만스러운 듯 복어처럼 퉁퉁 부은 얼굴을 했다.

나의 철천지원수이자 현재 짝꿍인 헥토르 루피안 주니어만 빼고 말이다.(지난 학기에 좋은 업보를 쌓지 못한 게 틀림없다. 이번 학기에 이 원수와 같이 앉게 되다니.) 우리가 그걸 완성하느라 얼마나 힘들었는데!

엄마의 설명을 듣자마자 루피안은 특유의 돼지가 컹컹거리는 웃음소리를 날리며 자기가 갖고 있는 모든 나쁜 기운을 담아 만다라 위로 입바람을 불었다. 녀석의 작품(작품이라니, 어이가 없다)을 만들어낸 반짝이들이 공중으로 흩날렸다. 엄마가 녀석을 칭찬(게다가 칭찬까지?)해주는 사이, 나는 그 오색찬란한 반짝이 구름을 몽땅 들이마셨다.

그래서 쉬는 시간 내내 감기에 걸린 것처럼 콜록거려야 했다.

"너, 괜찮아?" 아가타가 물었다.

나의 절친은 마치 나방처럼 내 주변을 맴돌았다. 나를 걱정하는 것처럼 보이지만, 나는 안다. 사실 아가타는 내가 내뿜은 반짝이 구름이 자기 교복 위로 떨어져 교복이 더 반짝거리도록 하려는 속셈이라는 걸.

"더러워, 아가타. 내 목구멍에 들어갔다 나온 거라고."

그러자 내 말에 짜증이 난 아가타가 겁을 줬다.

"박테리아나 바이러스는 걱정 없어. 난 필요한 모든 면역은 다 가지고 있거든. 근데 마르타, 네가 들이마신 반짝이의 화학 성분은 좀 문제가 될지도 몰라."

나는 얼굴을 찌푸리며 다시 기침으로 아가타를 위협했다. 하지만 아가타는 내가 뱉어내는 이 요정 가루를 뒤집어쓰려고 계속 내 주위를 팔랑거렸다.

"아가타!"

"반짝이가 내 피부 톤을 돋보이게 해주거든." 아가타가 변명을 늘어놓았다. "그럼 난 마치 텅 빈 우주에서 유일하게 빛나는 동그란 플라스마 같을 거야."

나는 마치 외계인의 말을 하는 듯한 아가타를 쳐다봤다.

솔직히 아가타한테 빛나는 것은 더 이상 필요 없었다. 오늘은 별 모양이 잔뜩 박힌 레깅스 위에 핑크색으로 염색한 교복 치마를 입고, 블라우스 속에는 유리로 쓴 것처럼 반짝이는 에우포리아의 로고가 새겨진 셔츠를 입고 있었다.

"그러니까 내 말은 별처럼 보일 거란 얘기지." 아가타가 한숨을 쉬며 말했다. "이건 우주물리학의 기본이야."

"이런, 아가타." 하비가 말했다. "넌 정신이 안드로메다에 가 있는 것 같아. 어디, 이게 정신을 지구로 돌아오게 할 수 있나 보자."

나의 또 다른 절친 하비가 어느 틈에 아가타 옆에 다가와 있었다. 하비는 아가타한테 잽싸게 은박지에 싼 작은 뭉치를 건네고는 아무 일도 없는 척 시치미를 뗐다.

요 깜찍한 배우들 같으니라고.

하비는 요리를 너무 좋아해서 허구한 날 아이들한테 놀림을 받았다. 그래서 아가타와 나의 시식 평을 듣기 위해 다른 아이들 몰래 쉬는 시간에 직접 만든 음식을 가져오곤 했다. 아무리 그렇더라도 베툴리아 국가정보원(장담하는데 존재하지도 않을 거다)의 스파이처럼 구는 건 이해가 안 된다.

하비가 얼른 이쪽저쪽 주변을 살피더니 아무도 없는 것을 확인하자 아가타한테 한쪽 눈을 찡긋했다.

아가타가 은박지를 벗겨내고는 와인 감정사들이 맛보기 전에 하는 것처럼 그 비밀스러운 물건을 코 가까이 가져가 흔들어보고 냄새를 맡았다.

"음, 꽃향기가 나네."

하비가 기뻐하며 고개를 끄덕였다.

이어서 아가타가 혀끝으로 그 둥근 뭉치를 살짝 핥았다.

"질감은 스펀지 같은데 뭔가 바삭거리는 게 있네."

하비가 다시 고개를 끄덕거렸다.

마지막으로 아가타가 케이크를 아주 조금 베어 물고, 입안에서 굴렸다.

"밀가루에 아몬드 가루를 넣어 반죽하고 제비꽃 가나슈로 속을 채워 코코넛 칩을 입힌 크로켓이구나." 아가타가 크게 한입 먹으며 말했다. "끝내준다!"

"오, 네가 좋아하니까 짱 기쁘다! 풀레 푸딩푸딩의 레시피 중에 제일 어려운 거거든!" 하비가 자랑스럽게 외쳤다. "마르타, 너도 하나 줄까?"

나는 크림 범벅의 그 동그란 자줏빛 폭탄이 위로 내려가 아직 안에 있는 반짝이와 섞이는 광경을 상상했다. 그러자 속이 뒤틀리는 것 같았다.

"아니야, 괜찮아." 나는 가쁜 숨을 내쉬며 코로 반짝이는 작은 구름을 토해냈다. "아무래도 반짝이 때문에 탈이 난 것 같아."

"아까 한 말은 농담이었어." 아가타가 내 어깨를 감싸며 진정시켰다. "아무 독성도 없다구, 친구."

"다행이네. 근데 내가 걱정하는 건 반짝이 독성이 아니야."

"그럼 뭔데?" 하비가 물었다.

"우리 엄마." 나는 어깨를 늘어뜨리며 대답했다. "왜 그렇게 유별나시냐고! 그냥 평범한 미술 선생님이 되실 순 없는 거야? 사과를 그리라고 할 수도 있고, 핸드폰 고리를 디자인하라고 할 수도 있고, 평범한 것들이 얼마나 많은데… 왜 하필 티벳 만다라만 고집하시냔 말이야."

"마르타, 선생님은 그렇게 이상하시진 않아. 엄마 차ㅋ…" 아가타가 잠시 끊었다가 말을 이었다. "수업이 얼마나 재밌는데. 선생님은 우리가 수업을 즐기고 다른 관점에서 배울 수 있도록 최선을 다하시잖아. 새롭고 멋진 것들도 가르쳐주시고."

"가끔은 좀 특이하실 때도 있지. 근데 그렇지 않은 사람도 있어?"

하비가 은하계 요정 같은 차림의 아가타를 가리켰다.

"그건 그래." 나는 새삼 그 사실을 깨달았다. "우리 모두 조금씩은 그런 것 같아."

그때 돼지 웃음소리와 함께 어떤 목소리가 불쑥 끼어들었다.

"물론 정도의 차이는 있지. 암 그렇고말고."

나는 순간 화가 치밀어서 그 목소리의 주인공을 향해 몸을 틀었다. 하지만 루피안이 더 빨랐다. 입바람 부는 소리가 크게 들리더니, 무지개 회오리가 내 얼굴을 덮쳤다. 두 번째로 덮친 반짝이 구름 때문에 내 눈이 멀지 않으려면 나는 그저 팔을 마구 휘저어 그 망할 것들을 없애는 수밖에 없었다.

"루피안, 이 심술쟁이!"

"진정해, 꼬맹이 차크라스." 녀석이 달아나면서 소리쳤다. "네 차크라가 다 닫혀버리면 어쩌려고."

숨을 들이쉰다. 폐를 부풀린다. 숨을 참고 여덟까지 센다. 그리고 녀석한테 언젠가 모든 것(예를 들어 얼굴 같은 짓)은 파괴된다는 걸 보여주고 싶은 충동을 참아낸다. 폐를 비워낸다. 엄마를 바꾸고 싶은 욕망을 비워낸다.

이 과정을 반복한다.

内가 기침으로 무지개를 만들며 분노에 찬 한 주를 보내는
동안, 헥토르 루피안 주니어는 독처럼 나쁜 말을 퍼뜨리
며 행복한 시간을 보냈다. 원래 독사 같은 성격이라 그게 그리 놀
랍진 않았지만 행복해하다니… 그건 좀 이상했다.

루피안 대 차크라스의 이전 대결들(쉬는 시간에 내 샌드위치에
든 슬라이스 치즈를 치즈 같은 냄새를 폴폴 풍기는 신발 밑창으로 바
꿔치기한 것 같은)에서 승리했을 때도 그 기쁨은 겨우 이틀쯤이나
갔을까? 더구나 루피안은 웃음이 많은 애가 아니다. 그러니까 미
술 시간에 했던 반짝이 공격 때문에 그렇게 길게 행복해하고 있
을 리가 없다.

뭔가 일을 꾸미고 있는 게 분명해.

엄마와 자전거를 타고 가는 동안 그 생각이 머릿속을 떠나지
않았다.

우리는 자연과 함께 치르는 의식의 하루 분량을 벌써 채우고는

(맙소사, 나무를 껴안는 바람에 교복이 온통 나무껍질 투성이였다) 학교로 가고 있었는데, 갑자기 자전거 앞바퀴가 멈췄다.

"엄마, 뭐 하시는 거예요?"

자전거 뒷바퀴가 공중으로 들렸다가 쿵 하고 바닥으로 떨어졌다. 나는 놀라서 다시 소리쳤다.

"떨어질 뻔했잖아요!"

"우리보다 강력한 힘이 우리가 지나가는 걸 막고 있어."

엄마가 알쏭달쏭한 대답을 했다. 정말 우주의 힘이 우리 삶에 미치는 영향에 대해 뭐라고 한 말씀 하려는 걸까? 아니지. 엄마가 약간 이상한 면이 있는 건 사실이지만, 내가 신체적으로 위험한 상황(특히 내 치아에 유독 신경 쓰셨는데, 치아 교정에 엄청난 돈을 투자했기 때문이다)에 처했을 때는 보통 엄마들처럼 걱정한다.

뭔가 이유가 있을 텐데… 아! 알았다. 검은 정장을 입고 선글라스를 낀 사람들이 교문 앞에서 서로 손을 잡고 인간 장벽을 만들고 있었다.

"고릴라들이잖아." 눈을 반쯤 감으며 엄마가 말했다.

나는 깜짝 놀랐다.

"엄마! 저 사람들한테 그런 말 하면 안 돼요! 다들 덩치가 어마어마하다고요!"

거인처럼 덩치 큰 여자가 인간 장벽에서 떨어져 나오더니 우리 자전거를 향해 다가왔다. 여자가 입은 재킷의 옷깃에는 원숭이 얼굴 모양의 배지가 달려 있었는데, 화가 난 듯한 그녀 얼굴과 똑

같았다. 원숭이 얼굴 주변에는 금색으로 '공식 국가 경호원'이라 적혀 있었다.

'고릴라'. 우리는 그 사람들을 그렇게 불렀다. 경호원의 상징이 원숭이인 탓도 있지만, 모두들 덩치가 엄청났기 때문이다.

"저희는 루피안 대통령 경호원입니다." 거인 여자가 위협적인 낮은 목소리로 말했다. "여러분은 경호 구역을 교란시키는 위험 요소로 포착되었기 때문에 지나가실 수 없습니다."

"아니, 그런 말이 어딨어요? 우리가 위험 요소라니요!"

너무 화가 나 핸들을 꽉 잡은 나머지 엄마의 손가락이 하얗게 변했다.

"아무리 대통령 경호원이더라도 우리가 지나가는 걸 막을 권리 는 없어요."

"청중을 위한 통행로가 나올 때까지 경호 구역을 돌아가셔야 합니다." 거인 여자가 조각상처럼 무표정한 얼굴로 말했다.

"무슨 청중요?" 내가 물었다.

"대통령 연설을 들으러 오신 분들 말입니다." 저쪽 장벽에서 누 군가 외쳤다.

"우린 연설을 들으러 온 게 아니에요." 엄마가 인내심을 최대한 끌어 모으며 설명했다. "난 이 중학교 미술 선생님이고, 내 딸은 학생입니다. 우리에겐 이곳을 지나갈 권리가 있어요."

거인 여자가 팔짱을 끼었다. 더 이상 할 말이 없다는 뜻이었다.

엄마가 삐거덕거리는 소리가 날 정도로 다시 핸들을 세게 쥐었다. 그러더니 마스터 파타타샤다와 성스러운 소 호흡법을 떠올리며 깊게 숨을 들이마셨다가 내뱉었다. 그 덕분에 엄마는 거인 여자의 머리카락이 다 날아갈 만큼 크게 소리 지르지 않고 겨우 진정할 수 있었다.

그런데 갑자기 엄마가 숨을 급히 들이쉬며 말했다.

"꽉 잡아."

엄마가 뭘 하려는지 이해하는 데 몇 초의 시간이 걸렸다. 그사이 엄마는 있는 힘껏 페달을 밟았다. 우리의 2인용 자전거는 거인 여자 경호원을 지나쳐 교문 앞 인간 장벽을 향해 화살처럼 내달렸다.

"엄마, 어쩌시려고요?"

"저 고릴라들 차크라를 좀 열어주려고!"

엄마가 웃으며 대답했고, 나도 페달을 최대한 밟았다.

경호 아카데미에 들어가기 전에 경호원들은 반사신경 테스트를 받는 게 틀림없다. 그렇지 않다면 저들이 이렇게 정확한 타이밍에 피할 수 없을 테니까. 엄마와 나는 엄청나게 빠른 속도로 달려 그들 중 한 명의 등을 구름판 삼아 울타리를 뛰어넘었다. 그리고 미친 듯이 깔깔대며 대통령 연설을 위해 설치한 무대 바로 앞에 미끄러지듯 멋지게 착지했다.

그런데 무대만 설치된 게 아니었다. 학교 건물 앞에 엄청나게 긴 리무진 한 대가 세워져 있었고, 학교 건물 전체가 베툴리아 국기로 장식되어 있었다. 교장실 창문에는 엄청 큰 국기 하나가 천

년 자작나무 방패와 함께 걸려 있었다. 또 흰색 플래카드가 우리를 환영하고 있었다.

교육, 대통령의 가장 큰 관심사입니다.

엄마는 아우라(사람이나 물체에 서려 있는 독특한 기운:옮긴이)는 눈에 보이지 않는다고 말하지만, 맹세컨대 그 플래카드를 읽자마자 엄마의 아우라가 시커멓게 변했다. 엄마는 즉시 자전거를 아무렇게나 던져버리고 대나무 섬유로 만든 블라우스 소매를 걷어붙이며 학교로 들어갔다. 그 모습이 마치 경기장에 입장하는 권투선수 같았다.

정말이지 엄마가 그렇게 화난 모습은 처음 봤다.

복도로 들어가자마자, 우리는 포스터 더미에 깔려 죽을 것만 같았다. 여기도 포스터, 저기도 포스터. 온통 포스터 천지였다.

포스터는 두 종류인데, 위쪽의 반을 차지하고 있는 포스터는 아빠 헥토르 루피안, 즉 베틀리아 대통령 후보자의 콧수염 난 얼굴과 가식적인 웃음을 보여주고 있었다. 아래쪽 반은 악의에 찬 혐오스러운 웃음을 짓고 있는 아들 헥토르 루피안 후보자의… 후보자?!

"회장 후보자라고?"

더 생각하고 자시고 할 게 없었다. 엄마가 포스터를 잡아 뜯어 복도에 팽개치며 걷기 시작했고, 화가 너무 많이 난 나머지 혹시 대통령을 죽이기라도 할까 봐 나는 엄마 뒤를 바짝 쫓아가는 것에만 집중했다.

교장실에 도착해서 보니, 아빠 헥토르 루피안이 고릴라 경호원들에 둘러싸인 채 골프채를 들고 있었다. 자신의 골프장 프로젝트를 홍보하기 위해 가정용 미니 골프장을 설치해놓고 있었다. 그리고 교장선생님은 뭐에 홀린 듯 그를 바라보고 있었다.

"루피안에게 던지는 한 표는 아르카노 골프 프로젝트를 위한 표입니다. 그리고 아르카노 골프 프로젝트를 위한 표는 곧 이 나라의 경제 성장을 위한 한 표가 될 것입니다, 바투타 선생님."

골프채를 휘두르고는 눈을 찡긋하며 대통령이 말을 이었다.

"제 첫 재임 기간에 컴퓨터실 장비 교체를 위해 제가 베푼 기부를 잊으시면 안 됩니다."

"그 골프장은 당신 주머니만 배불릴 거예요, 루피안." 엄마가 회오리처럼 방 안으로 돌진하며 말했다. "당신한테 베툴리아는 눈곱만큼도 중요하지 않아요. 중요하게 여긴다면 그걸 지키려 하는 게 정상이죠. 아르카노 숲의 자작나무들은 나무 이상의 의미가 있단 말이에요. 그 나무들은…."

"베툴리아의 버팀목이지요." 대통령이 비꼬며 엄마의 말을 잘랐다. "차크라스 당신은 아직도 학생 때처럼 순진하군요. 대통령 출마라도 해야겠어요."

그러고는 강아지한테 하듯 엄마의 머리를 쓰다듬더니 교장실을 나갔다. 학생들의 머리에 입을 맞추고, 자신의 얼굴이 새겨진

동전 초콜릿을 나눠주고, 또 분명 지킬 생각도 없는 공약들을 떠들어대기 위해서였다.

엄마의 아우라가 칠흑 같은 검은색에서 이글거리는 붉은색으로 변했다. 교장선생님이 보리수 차와 향으로 진정시키려 했지만, 엄마는 아르카노 숲을 살려야 하는 1,001가지 이유를 큰 소리로 늘어놓았다.

복도를 내다보니, 마침 헥토르 루피안 주니어가 자기 아빠 같은 절대 권력자의 분위기를 풍기며 지나가고 있었다. 녀석은 아빠 양복과 똑같아 보이도록 고친 교복을 입고 몇 명의 경호원들에게 둘러싸여 있었다.

"루피안에게 한 표를! 그러면 학교 식당의 아이스크림이 떨어질 일은 없습니다! 그리고 루피안이 승리하면 방학이 6개월로 늘어날 겁니다! 루피안에게 한 표를 행사하세요! 선물로 사진도 가져가세요!"

루피안이 미니 메가폰에 대고 소리치는 동안, 침팬지(고릴라의 미니 버전)들은 학생들에게 녀석의 얼굴이 찍힌 친필 사인 사진을 나눠줬다.

"아들 루피안을 학생회장으로, 아빠 루피안을 대통령으로! 그것이 대중이 원하는 것입니다!"

루피안이 잠시 메가폰을 내려놓고(진짜 시끄러워 죽는 줄 알았다!) 침팬지들 중 하나를 향해 돌아섰다.

"두고 봐, 시몬. 내가 회장이 되면 시험은 없어. 더 이상 체육 시간에 운동장을 숨도 못 쉴 때까지 돌고 또 도는 일도 없을 거야. 이게 바로 정치의 장점이지. 우리 아빠가 항상 말씀하시는 것처럼 말이야."

내가 쳐다보고 있다는 것을 알아차린 순간, 루피안의 입술 사이로 재수 없는 비열한 웃음이 삐져나왔다.

"어떤 이상한 선생님으로부터 해방될 수도 있고 말이야."

엄마는 아우라는 보이지 않는다고 말하지만, 맹세컨대 내 아우라 역시 그 말을 듣자마자 검은색으로 변했다. 차크라스와 검은 아우라가 합체하면 아주 위험하다.

루피안은 그 사실을 알기 직전이었다.

4

나는 루피안 때문에 난 화를 가라앉히려고 애썼다. 그렇지
만 효과가 없었다.

나에게 정치란 엄청나게 복잡하고, 어른들만 관심 있는, 도무지
이해할 수 없는 것이다. 그런데 갑자기… 정말 갑자기 내 일상에
도 영향을 주는 문제로 변해버렸다. 차기 학생회장 후보자가 그
돼지 같은 얼굴이 나온 포스터로 학교를 도배하고, 웃기지도 않
는 개인 경호원들을 달고 사방을 누비고 다니는 정도에 그쳤을
거라고 생각한다면, 천만의 말씀! 녀석은 내 인생에서 가장 끔찍
할 정도로 참기 힘든 선거 운동을 펼치고 있었다.

루피안이 선거에 얼마만큼 목숨을 거는지 이해를 돕기 위해 예
를 들자면, 학교 정원에 화려한 천막을 세웠다. 물론 그게 다가
아니다. 학교 밴드가 헤비메탈 음악을 연주하던 곳에다 작은 무
대를 설치하고 튜브 성을 만들었는데, 모든 사람들이 즐거워했
다. 그리고 선거 공약집을 가져가는 사람들에겐 요리사가 핫도그

를 선물했다.

여기서 끝이라 생각하면 오산이다. 학교 식당 조리사들한테 어떤 사례를 했는지 모르겠지만, 일주일 내내 글자가 떠 있는 수프가 나왔는데 우연히도 그 글자들을 조합해보면 '회장 루피안 주니어'가 되었다. 우리가 먹는 수프까지도 선전 도구로 이용당한 셈이다.

루피안의 선거 캠프가 속임수와 부정을 저지르고 있는 것이라면 녀석이 이겼을 땐 어떻게 될지 나는 상상조차 하기 싫었다. 오직 자기 이익을 챙기고 영향력을 행사하기 위해 회장이 되려 한다는 사실이 맘에 들지 않았다. 더구나 그 애 아빠의 눈치를 보느라 선생님들이 아무 노력도 하지 않는 루피안한테 최고 점수를 주는 건 너무나 불공정했다. 그것 말고도 여러 가지가 더 있었다.

일은 점점 더 심각해지고 있었다.

그날 나는 빈 교실에서 엄마의 교직원 회의가 끝나기를 기다리며 숙제를 하고 있었다. 교실 문이 조금 열려 있었는데, 복도에서 수상하게 소곤거리는 소리가 들렸다. 나는 슬쩍 문틈으로 엿보며 귀를 가까이 댔다.

"난 분명히 아니라고 말했어. 정말 아니라니까, 루피안!"

한 여학생이 숨 막히는 듯한 목소리로 항의했다.

나는 문틈으로 몸을 더 바짝 댔다. 침팬지들이 두 명의 학생을 에워싸고 있었는데, 들리는 목소리 중 하나는 분명 루피안이었다. 그리고 여학생은…

"야, 론차스. 그게 뭐가 어렵다고 그래? 그냥 바투타 교장선생님께 베툴리아 최고 알레르기 전문의인 추스 아치스가 서명한 이 소견서만 전달하면 된다니까. 이 소견서엔 지난번 미술 시간에 차크라스 선생님이 사용하라고 한 반짝이의 부작용 때문에 네가 심각하게 고통받았고…."

"그러니까 그게 사실이 아니라고!"

필리 론차스가 반박했다. 필리는 견과류 알레르기가 있어서 천식 호흡기의 도움으로 호흡해야 한다.

"내가 견과류에 너무 민감해서 그런 거지."

"아니, 너 정말 바보야, 뭐야? 말귀를 못 알아듣네? 당연히 사실이 아니지! 차크라스 선생님을 쫓아내기 위해 내가 위조한 소견서니까."

루피안은 필리를 바보 취급하며 설명을 늘어놓았다.

"선생님을 고발해주는 대신 대학 갈 때까지 체육 수업에서 자유로울 수 있는 증명서를 줄게."

필리가 다시 호흡기로 들이마시는 소리가 들렸을 뿐, 거절하는 소리는 들리지 않았다. 사실 체력장 점수가 엉망인 필리한테 루피안의 제안은 너무나 매혹적이었다.

"큼, 큼!"

내가 헛기침을 하자 침팬지들이 만든 원이 열렸다. 나쁜 짓을 하다 들킨 것처럼 루피안의 표정이 굳었다. 필리는 손에 들고 있던 소견서를 알레르기를 일으키는 견과류 껍질이라도 되는 양 던져버리고는 딸꾹질을 하며 복도로 달려갔다.

하지만 영악한 루피안은 아무 일도 없었다는 듯 뒷짐을 지고 휘파람을 불기 시작했다.

바로 그때 교무실 문이 열리고 선생님들이 하나둘씩 나왔다. 루피안이 도전적인 눈빛으로 나를 쳐다봤다.

내가 선생님들에게 자기 계획을 일러바치기를 기다리는 것 같았다. 녀석이라면 분명 다 말해버렸겠지. 그렇지만 내겐 더 좋은 생각이 있었다. 녀석이 선을 넘지만 않았어도 꿈에도 생각 못 했을 그런 계획 말이다.

나도 학생회장 선거에 나갈 거야.

어떻게 해야 하는 건지 아무것도 모르지만, 나는 루피안한테 인생 최초의 아주 지독한 시련을 안겨줄 준비가 되어 있었다.

"**마**르타!" 내 손에 들린 포스터 뭉치를 뺏으려 애쓰며 하비가 말했다. "이건 붙여야 한다니까!"

"안 돼!" 나는 온 힘을 다해 포스터를 팽개쳐버리려 했다. "새로 만들어야 해!"

"그럴 시간이 없어. 선거가 겨우 이틀 남았다고!"

그때 어디선가 나타난 아가타가 단번에 포스터 뭉치를 낚아챘고, 우리 둘은 빈손이 되었다. 아가타의 눈길이 맨 앞에 있는 포스터에 머물렀다.

"맙소사, 이 사진은 누가 찍은 거야?" 아가타가 기겁하며 물었다. "너의 원수?"

하비가 그만하라는 뜻으로 팔꿈치로 슬쩍 아가타를 쳤다. 그렇지만 난 안다. 내 절친의 말이 결코 과장이 아니라는 걸. 즉석카메라로 찍은 사진은 공포 그 자체였다. 목젖이 보일 만큼 크게 벌어진 입, 한쪽 눈은 사팔뜨기에 한쪽 눈은 반쯤 감았고, 전기 콘센트에 감전된 사람 같은 머리하며… 회장 후보자가 아니라 낮잠 자다 깬 변비 걸린 사자 같았다.

"내가 열 번은 말했잖아. 이게 제일 나은 거라고!"

"세상에, 그럼 다른 사진은 대체 어느 정도… 헙, 헙!"

하비가 아가타의 입에 쿠키를 쑤셔 넣으며 말을 막았다.

"포스터가 모두 몇 장이야?" 하비가 엄지에 침을 묻히더니 전문가의 손길로 세기 시작했다. "722장이네." 조금 지친 목소리로 하비가 말을 이었다. "아직 한 장도 못 붙였어."

"다 필요 없을지도 몰라."

나는 신발 끝에 시선을 고정하며 중얼거렸다.

"마르타, 정신차려."

아가타가 입을 열자 쿠키 쪼가리들이 튀어나왔다. 아가타는 남아 있는 쿠키를 삼키고 입술을 핥았다.

"네가 화가 나서 시작한 일이고, 네가 회장 선거에 나가고 싶다고 그랬잖아. 우리가 얼마나 놀랐는지 알아? 긴급 선거 캠프를 만들게 하고, 우리를 캠프 위원장으로 임명한 건 너야. 겨우 다 준비됐는데 네가 빠지겠다고?"

"그게 말이지, 난 회장이 되고 싶지 않아."

그러자 아가타와 하비가 나를 죽일 듯이 노려봤다.

"내가 원하는 건 단지 그 녀석이 당선되지 않는 거라고!"

천 마디 말보다 한 번 보는 게 이해가 더 빠른 법이다. 나는 루피안이 출마를 홍보하기 위해 정원에 설치한 천막을 가리켰다.

그런 다음 나의 시선은 아가타가 들고 있는 722장의 포스터를 향했다. 정말 엉성하고 급히 만들어진 티가 났다. 이 사진으로 내가 얻을 수 있는 것은 유권자들의 조롱뿐이다.

"루피안은 아빠가 공급으로 다 해주겠지만 난…."

하비가 내 어깨를 붙잡고 내 눈을 똑바로 응시했다.

"너한텐 우리가 있잖아. 그 사기꾼이 이기지 못하게 하는 데 이보다 더 좋은 방법이 있어?"

나는 고개를 저었다.

"말 잘했어, 하비." 아가타가 포스터 뭉치를 그러쥐며 웃었다. "자, 포스터는 내가 붙일 테니까 너희들은 부스를 설치해."

말이 떨어지자마자 아가타가 쏜살같이 나가 자기가 만든 발명품으로 접착제를 바르기 시작했다. 그 발명품이란 롤러 모양의 총으로, 포스터를 붙일 곳에 접착제를 날려줬다. 아가타가 교복 위에 걸친 은도금 금속들로 장식된 후드 집업 재킷과 걸을 때마다 신발 끝에서 반짝이는 LED는 아가타를 우주 전사처럼 보이게 만들었다.

당나귀 같은 내 얼굴 아래에는 이런 문구가 쓰여 있었다.

'회장 마르타 차크라스는 우리를 고통에서 해방시킬 것입니다.'

그리고 '고통'에는 빨간색 화살표가 붙어 있었다. 그 화살표는 빨간 동그라미 안의, 바퀴벌레 몸통에 루피안의 얼굴을 한 곤충을 가리키고 있었다.

정말이지 공격적인 캠프가 아닐 수 없다. 어쩌겠어. 난 악당과

맞서 싸워야 하니까.

아가타가 포스터를 붙이는 동안, 하비와 나는 정원에서 적당한 자리를 물색했다. 우리는 가방에서 필요한 모든 물품을 꺼냈다. 길이 조절이 가능한 막대들과 테이블보, 접이식 테이블, 의자 두 개, 스피커, 돼지저금통, 햄치즈 머핀이 들어 있는 상자… 아가타가 일을 마치고 올 동안 하비와 나는 우리의 선거 본부를 거의 완성했다.

"정말 네가 이길 거라고 생각하는 거야?" 루피안이 자기네 본부에서 도전적으로 외쳤다. "넌 뭘 줄 수 있는데? 요가 수업? 향다발? 아니면 미술 과목 패스?"

녀석은 마치 오물을 던지듯 마지막 단어를 뱉어냈다.

루피안이 말하는 동안, 나는 녀석의 목을 조르는 대신 주먹을 쥐었다 폈다 하며 마스터 파타타샤다의 가르침을 떠올리려 애썼다. 그렇지만 루피안이 설치한 선거용 놀이동산과 우리가 만든 조잡한 부스를 비교하는 순간, 더 이상 우리가 할 수 있는 게 없다는 걸 깨달았다.

"넌 선생님들한테 특혜를 받으려고 회장이 되고 싶은 거잖아. 학생들은 너한테 개똥만큼도 중요하지 않아!"

나는 계속해서 소리쳤다.

"난 학교생활이 즐거워지도록 할 거야. 수업 시간을 50분에서 49분으로 줄이고, 교외 수업으로 인라인스케이트를 배우게 하고, 쉬는 시간에 에우포리아의 음악을 틀어주고, 학교 식당의 감자튀

김 가격을 50퍼센트 내리고…."

하지만 루피안이 컹컹거리며 웃다가 질식할까 봐, 나는 더 이상 공약을 늘어놓을 수가 없었다. 나의 선거 프로그램이 너무도 초라하다는 사실에 다시 한 번 절망하지 않을 수 없었다. 갑작스러운 선거 출마로 공약까지 준비할 시간이 없었다. 게다가 아가타와 하비를 지원군으로 끌어들인 것도 실수라면 실수다. 이 상태로는 루피안한테 박살 나고 말 게 분명하다.

그래도 난 굴복하지 않을 거야.

나는 주머니에서 핸드폰을 꺼내 음악 재생 목록을 찾았다. 핸드폰을 스피커에 연결하자 음악 소리가 울려 퍼졌다. 폭소를 터트리던 루피안의 얼굴이 굳었고, 에우포리아의 리드 싱어인 펠릭스 시다드의 목소리가 우리 주위를 가득 채웠다.

> 다른 사람의 말에 귀 기울이지 말아요, 속지 말아요.
> 미래를 보아요, 곧 좋은 일이 생길 거예요.

노래가 들리자 학생들이 우리 부스에 관심을 보이며 다가오기 시작했다. 하비는 선거 공약집과 함께 직접 만든 햄치즈 머핀을 선물로 나눠줬고, 아가타는 직접 제작한 미니 글자 램프를 줬다. 조금씩 루피안의 캠프가 비어갈수록, 우리 부스는 점점 더 붐비기 시작했다.

"그건 부정한 수법이야! 유권자들한테 음식과 선물을 주는 건

뇌물이라고!" 건너편에서 루피안이 소리를 질러댔다. "마르타 차크라스는 부패한 사람입니다! 야, 호르헤! 마르타한테 투표하면 수학에서 낙제했다고 너희 부모님한테 이를 거야!"

믿기지가 않았다! 저 화려한 루피안 캠프에 비하면 초라하기 짝이 없는 우리 부스에 학생들이 우르르 몰려들고 있었다. 나는 루피안은 잠시 잊고 유권자들의 질문에 답하느라 바빴다.

하지만 가만있을 루피안이 아니었다. 녀석이 즉시 침팬지들한테 신호를 보냈다. 그러자 그 애들이 일제히 우리 쪽으로 뛰어오더니 부스를 받치고 있던 막대들을 발로 걷어차 무너뜨렸다. 스피커가 떨어져 꺼지고 머핀들이 땅바닥에 나뒹굴었다.

"루피안, 너 정말!!"

화가 치민 나는 미친 유령처럼 주먹을 휘두르며 소리 질렀다.

누군가는 루피안이 정신 차리도록 본때를 보여줘야 한다. 이렇게 당하고 나니, 내가 반드시 그렇게 해줘야겠다는 결심이 섰다.

아침으로 우유를 탄 시리얼을 먹고 있는데, 이메일이 왔다. 하마터면 체할 뻔했다. 엄마가 늘 마시게 하는 식물성 혼합유가 아니라 일반 우유에, 자일리톨이 아니라 설탕을 입힌 쌀뻥튀기와 초콜릿이 들어간 시리얼이었다. 덕분에 진짜 처음으로 신의 축복을 느끼고 있었는데…

핸드폰 화면에 헥토르 루피안 주니어가 나타나기 전까지는 말이다.

나의 원수는 정장 차림에 넥타이를 매고 자기 방 책상 위에 손깍지를 낀 모습으로 카메라를 응시하고 있었다. 방은 대통령 집무실 '달걀방'의 축소판이었는데, 유일하게 다른 점은 아빠 루피안이 아닌 아들 루피안이 유명한 배우, 가수, 운동선수와 악수하는 사진들이 걸려 있다는 것이다. 책상 뒤쪽으로는 루피안이 학교에서 수상한 모든 트로피들—최고우등상, 올해의 체육인재상, 그리고 학생 메신저 상(이 상은 바투타 교장선생님이 고자질쟁이들한테 주는 상이다)이 전시되어 있었다.

내가 알기로 루피안은 공부를 열심히 해본 적이 없다. 루피안이 달리는 걸 딱 한 번 본 적이 있는데, 어떤 개가 엉덩이에 이빨을 박을 것처럼 으르렁댔을 때였다. 루피안은 학생들에게 본보기가 되었다. 물론 닮지 말아야 할 본보기 말이다. 잘난 체하고, 소란을 일으키고, 사사건건 말대꾸하고… 저 상들은 다른 것들과 마찬가지로 돈으로 산 것이다. 절반의 학생들은 보복이 무서워서, 나머지 절반은 다른 후보자가 없기 때문에 루피안을 회장으로 뽑을 수밖에 없을 것이다.

지금까지는 그랬다.

나는 루피안처럼 뻔뻔하지도 않고, 아는 사람도 많지 않고, 도덕적 원칙을 깨는 아이도 아니다. 그런데도 루피안은 잔뜩 긴장해서 겁을 먹었다. 왜냐고? 경쟁이란 걸 해본 적이 없으니까. 화면 속 루피안의 떨리는 손과 자꾸만 꼬이는 말투가 그걸 보여주고 있었다.

"마르타 차크라스를 회장으로 선택하는 것은 재앙 중의 대재앙이 될 것입니다. 차크라스는 '가스 배출 줄이기'를 위해 학부모들이 자녀를 차로 등하교 시키는 것을 금지하려 합니다."

"난 그런 말 한 적 없어! 자전거 주차공간을 확대할 거라고 그랬지. 왜냐면…."

당연히 내 외침이 들리지 않는 루피안은 나를 무시하고 계속 험담을 쏟아냈다.

"우리가 정말 현대 기술과 발전을 거부하는 나무 껴안기 대장을 회장으로 원할까요? 그다음은 아마 컴퓨터와 핸드폰의 사용 금지일 것입니다! 우리는 다시 타자기를 사용하게 될 겁니다. 아니, 그조차도 허용되지 않을 겁니다. 소중한 나무들을 지키기 위해 종이 사용도 금지할 테니까 말입니다. 우리는 선사시대처럼 석판에 글을 써야 할 겁니다!"

"선사시대엔 글이 없었어, 이 멍청아." 나는 계속 투덜거렸다. "그리고 난 기술과 발전을 반대하는 사람이 아니라고! 지금도 널 핸드폰으로 보고 있거든."

루피안은 점점 더 흥분해서 계속 횡설수설했다.

"더구나 여성이라니요! 여성들이 명령보다 복종을 더 잘할 수 있다는 것은 과학이 말해주고 있습니다. 여러분, 현재 여성 대통령이 과연 몇 명이나 있을까요? 세 명? 그럼 전 세계에 몇 개의 나라가 있습니까? 200개국? 여성이 이런 자리에는 적합하지 않다는 것이 명백합니다. 잘 생각하십시오, 베툴리아 학생 여러분! 학교를 이끌어갈 사람으로 누구의 손을 잡을지 결정하십시오!"

그러고는 인사를 하며 유혹적으로 눈썹을 찡긋해 보이더니 루피안의 모습이 사라졌다. 그리고 선거 슬로건이 나타났다.

이번 학년을 재미있게 보내고 싶다면
투표용지에 루피안을 찍으세요.

등줄기에 식은땀이 흘렀다.

맞다, 투표용지!

투표용지를 인쇄하러 인쇄소에 가야 하는 것을 까맣게 잊고 있었다.

오늘이 금요일이니까 준비할 시간이 딱 하루밖에 남지 않았다. 그리고 투표용지 없이는 월요일에 있을 선거에 나갈 수 없다. 이렇게 바보 같은 후보자가 또 있을까! 결국 루피안의 말이 맞는 말이 되는 건가.

잠깐! 정말로 루피안이 옳다는 걸 인정할 셈이야?

그럴 수는 없지.

머리 나쁜 불행한 여자야.
너의 혼란은 나를 미치게 해.

시리얼을 씹지도 않고 마구 쑤셔 넣는 사이(아, 처음으로 음식다운 음식을 먹고 있었는데!), 펠릭스 시다드의 목소리가 귓가에 울려 퍼졌다. 나는 즉시 가방을 챙겨서 인라인스케이트를 신고 인쇄소로 달렸다.

나는 학교 바로 앞에 있는 곳으로 갔다. 그 인쇄소에서는 이면지를 사용하기 때문에 내 친환경적 공약들에 딱 맞는 본보기가 될 것이라 생각했다. 그런데 문이 닫혀 있었다. 나는 즉시 핸드폰으로 가장 가까운 곳을 검색했다.

그리 멀지 않은 곳에 하나가 있었는데, 다행히 문을 열었다. 그런데 가게 문을 열고 들어가려 하자, 검은 옷을 입은 세 명의 고릴라가 갑자기 튀어나와 나를 막아서며 로봇같이 특이한 말투로 동시에 말했다.

"들어가실 수 없습니다, 꼬마 아가씨."

"왜요?"

"지금 대통령 선거용 투표용지를 인쇄하는 중이라 관계자만 들어갈 수 있습니다."

"우와, 무슨 이런 우연이! 저도 투표용지를 인쇄하러 왔어요."

나는 그 사람들한테 견본을 보여줬다.

"학생회장 선거에 필요하거든요."

거인처럼 덩치 큰 여자(나는 즉시 그녀가 대통령 연설이 있던 날 우리를 막아섰던 사람이란 걸 알아차렸다)가 선글라스를 내리더니 내가 내민 종이를 살펴봤다. 내 사진(당나귀 얼굴같이 나온 포스터의 그 사진)을 보자마자 얼굴을 찌푸렸다. 투표용지를 공처럼 뭉쳐 내 얼굴에 던질 거라고 생각한 순간, 거인 여자가 말했다.

"헥토르 루피안 주니어와 경쟁하는 겁니까?"

"네? 아, 네, 아, 아줌마." 나는 놀라 말을 더듬었다.

거인 여자가 다시 선글라스를 쓰더니 나한테 투표용지 견본을 돌려주고는 동료들한테 길을 열어주라고 손짓했다.

"들어가십시오."

"그렇지만…."

"들어가십시오."

거인 여자가 알 수 없는 미소를 지으며 다시 힘주어 말했다.

나는 방금 일어난 일을 이해할 수 없었지만(뭐지? 대통령 경호원이 대통령 아들의 경쟁자인 나를 도와주는 거야? 진짜?), 혹시라도 마음이 바뀔까 봐 더 이상 토를 달지 않았다. 즉시 인쇄소 안으로 들어가 카운터 앞에 멈춰 섰다.

"이거 200장 인쇄 부탁드립니다."

남자 점원한테 부탁하고 확인해보니 동전이 충분히 없었다.

"아니, 100장이 좋겠어요."

점원이 눈을 크게 뜬 채 놀란 얼굴로 나를 봤다. 이 불쌍한 아저씨는 너무 바빠 보였다. 오른손으로는 기계를 조작하고, 왼손으로 새 종이 한 묶음을 잡으려 애쓰는 동시에, 발로 인쇄되어 나오는 투표용지가 바닥으로 떨어지지 않도록 막고 있었다. 마치 문어 같았다.

"지금은 내가 너무 바빠서 말이야." 끊어지는 목소리로 점원이 말했다. "혹시 네가 다룰 수 있으면 저쪽에 있는 인쇄기는 안 쓰고 있으니까 네가 직접 해도 돼."

"감사합니다!"

경호원 반역자의 작은 도움과 정신없이 바쁜 점원 아저씨의 친절함은 나를 기분 좋게 만들었다. 나는 이 기분을 에우포리아의 음악과 함께 만끽하기로 했다.

당신이 내 마음을 훔쳤을 때 복권에 당첨된 듯했어.
네나, 당신은 백만 불의 여인.

"백만 불의 여인, 백만 불의 여인~ 나나나나나~"

나는 인쇄기를 준비하는 동안 눈을 감고 엉덩이를 씰룩이며 노래를 따라 불렀다.

인쇄기가 하비가 디자인해준 투표용지를 찍기 시작했다. 하비한테 감사 인사를 해야겠다. 너무 잘 만들었잖아! 인쇄된 투표용지 하나를 살펴보고 있는데, 대통령 선거용 투표용지 몇 장이 코앞에서 날아다녔다.

"그것들 좀 잡아주겠니?" 점원이 간절하게 말했다.

그 불쌍한 아저씨는 잠자리채 같은 것으로 무장한 채, 가게에 있는 모든 인쇄기 군단이 쏟아내고 있는 투표용지 폭풍을 수습하러 이쪽저쪽 뛰어다니고 있었다. 투표용지들은 마치 날개 달린 곤충들처럼 마구 날아다녔다. 나는 몇 개를 잡아 내 것과 비교해보려고 인쇄기 쪽으로 향했는데…

순간 백만 장의 종이 더미에 깔려 죽는구나 싶었다.

절대 과장이 아니다. 에우포리아의 노래에 정신 팔려 인쇄 매수를 100장으로 한다는 게 무려 100만을 눌러버린 모양이다.

"무슨 문제 있니?"

잘 들리지 않는 목소리로 점원이 물었다. 그는 보아뱀처럼 복잡하게 얽혀 똬리를 틀고 있는 케이블들을 풀어내고 있었다.

"아, 아니요. 걱정 마세요. 벌써 다 끝났어요. 돈은 계산대 위에 둘게요."

나는 잽싸게 파란색 재활용 박스를 찾아서 투표용지를 토해내는 인쇄기 밑에 댔다. 그리고 100장을 챙긴 후 돈을 계산대에 두고 즉시 가게를 빠져나갔다.

그 상태로 나오면 안 된다는 걸 알지만, 100만 장씩이나 인쇄한 비용을 낼 수도 없을뿐더러 아저씨도 너무 정신없이 바빠서 분명 눈치채지 못했을 것이다. 사실 한 가지 부탁은 이미 들어드렸고, 남은 인쇄본을 재활용 박스에 잘 두는 것까지 신경 썼다. 한 가지 나쁜 짓과 두 가지의 선행이랄까.

그래서 그나마 마음이 좀 놓였다.

아니, 이건 그냥 나만의 생각이었다.

"**마**르타, 그 작은 주걱 좀 줄래?"

"물론이죠."

나는 유화 물감들 사이에 삐죽 나온 주걱을 엄마한테 건넸다. 엄마는 은박지를 이용해 캔버스 위에 황토색 유화 물감을 나누더니 물감과 주걱, 붓으로 마술을 부리기 시작했다. 나는 그 모습을 홀린 듯 지켜봤다. 엄마는 지금 우리가 테라스를 통해 내다보고 있는 작은 자작나무 숲을 캔버스에 옮기는 중이었다. 우리 집에는 이 풍경의 수많은 버전이 있다. 할아버지, 할머니가 물려주신 나무 오두막에서 우리가 주말을 보낼 때마다 엄마가 그 풍경을 그렸기 때문이다. 그런데도 질리기는커녕 가장 마음을 편안하게 해주는 그림이었다.

아니, 라디오에서 음악 방송을 멈추고 대통령 선거 광고를 내보내기 전까지는 그랬다.

"자, 즐거운 선거 캠페인 시간입니다!" 아나운서가 말했다.

설마 '즐거운'은 농담으로 한 말이겠지?

영광의 첫 타자는 독보당(독립보건당)의 시메온 모하도였다. 그는 유권자들에게 베툴리아를 그 어느 나라보다 많은 공중화장실을 보유한 나라로 만들 것을 약속했다.

'가득 찬 방광은 더 이상 없다'가 그의 슬로건이었다.

그다음으로 도계당(도시계획당)의 프리에타 에스피니야가 등장했다. 그녀는 인구가 줄어드는 지역을 위한 확실한 계획을 가지고 있었다. "우리는 도시의 이름과 시골 마을의 이름을 서로 바꿀 것입니다. 그러면 최소한 사람들이 실수로라도 시골로 가게 될 것입니다."

동최당(동물최고당) 후보인 블랑카 팔로마가 그 뒤를 이어, 베툴리아 전 국민이 채식을 하도록 권장하고, 성인들에게 최소한 세 종 이상의 반려동물을 키우도록 강제하는 법을 만들겠다고 주장했다.

바로 그다음, 극바당(극한바다당) 후보 아르만도 게라가 연설을 했다. 그는 정말 황당한 제안을 했는데, 베툴리아를 물에 잠기게 해서 세계 최초의 해저 국가로 만들자는 것이다.

그럼 확실히 더 이상 우리나라에 바다가 없다고 툴툴대지는 못하겠네.

그때 엄마의 손에 들려 있던 주걱이 떨리기 시작했고, 노란색과 주황색 물감이 마구 뒤섞이자 평화롭던 자작나무 숲에 밝은 불꽃이 일렁이며 화염에 휩싸였다.

"다음으로는 현 대통령이자 사건당의 대통령 후보자 헥토르 루피안이 출연하여 공약을 소개하겠습니다."

엄마가 눈이 뒤집혀 주걱으로 캔버스를 찌르기 전에, 나는 얼른 라디오를 꺼버렸다. 아나운서는 사건당이 무엇의 약자인지 말하지 않았지만, 분명 뻔뻔한 '사기꾼과 건달의 당'의 약자일 거라는 생각이 들었다.

"고맙구나."

조금 진정된 목소리로 엄마가 말했다. 그러고는 주걱을 팔레트 위에 내려놓고 수건으로 손을 닦은 후 간이 의자에서 일어났다.

"루피안은 기분을 잡치게 만들어. 엄마랑 숲으로 산책 갈까?"

사실 내키진 않았지만, 엄마의 기분을 풀어드릴 필요가 있어 보였다. 나는 읽고 있던 펠릭스 시다드 자서전을 테라스 테이블 위에 두고 엄마를 따라 숲으로 난 오솔길로 향했다.

엄마가 오리엔탈 무늬의 큰 숄을 두르고는 한기가 드는 듯 몸을 움츠렸다. 서로 손을 잡고 산책하는 건 굉장히 오랜만이었다. 왜냐하면 누가 보면 창피하니까. 그렇지만 이곳에는 아무도 없고, 지금 엄마에겐 온기가 필요하다는 것을 알고 있었다.

나는 엄마의 손을 잡고 깍지를 꼈다. 엄마는 내 손을 힘주어 잡으며 고마움을 표시했다. 우리 둘은 그렇게 나무들 사이를 말없이 걸었다. 가끔 엄마는 버섯한테 밟은 걸 사과하거나 꽃한테 속삭이거나 돌한테 인사를 하거나 자작나무를 안아주기 위해 멈춰섰다. 과연 엄마다웠다.

"엄마, 왜 오두막집으로 주말을 보내러 온 거예요?"

"벗어날 필요가 있었어."

"선거로부터요?"

엄마가 고개를 끄덕였다.

"그럼 투표하러 안 가실 거예요?"

"내가 누구한테 투표했음 좋겠어? 독보당? 도계당? 극바당? 아니면 동최당?"

엄마는 숄 아래 어깨를 더욱 움츠리며 말을 이었다.

"그냥 동최당에 투표하지 뭐."

내가 경고의 눈빛으로 쏘아보자, 엄마가 미소를 지었다.

"농담이야. 표를 줄 이유가 없지."

휴, 다행이다.

"문제는 루피안과 경쟁할 만한 후보자가 없다는 거야. 루피안은 달변가에다 주변에 사람들도 많고, 원하는 사람 누구에게든 뇌물을 줄 수 있는 돈도 많아. 결국 그가 이기겠지. 그럼 아르카노 숲을 밀어버리고 골프장을 지어서….."

"그렇지만 엄마가 항상 말하길….."

"그래, 아르카노 숲은 우리나라의 버팀목 같은 존재야. 정말 농담으로 하는 말이 아니야, 마르타."

나는 엄마가 이렇게 심각한 것을 본 적이 없었다.

"자작나무의 집. 나무들의 강한 뿌리는 너의 대지를 받치고 있지. 가장 깊은 곳에서부터 하늘 끝까지."

엄마는 감정에 북받쳐 애국가의 가장 유명한 부분을 낭송했다.

"또 그 지겨운 애국가…."

"알아, 너한테는 바보 같아 보인다는 걸. 그런데 정말이야. 분명한 과학적 증거도 있어, 마르타."

나는 그게 무슨 말이냐는 듯 엄마를 쳐다봤고, 엄마는 인내심을 가지고 설명하기 시작했다.

"내가 학교 다닐 때 말이야. 아빠 루피안과 같은 반이었단다. 그 당시 엄청 유명했던 지질학 박사 아마티스토 로카가 자작나무가 등장하는 애국가 한 소절에서 영감을 받아 연구 보고서를 발표했어. 우리나라는 지반이 아주 약한데, 땅 밑에 뻗어 서로 얽혀 있는 자작나무 뿌리들이 땅을 단단히 붙잡고 있는 덕분에 버틸 수 있다는 거야. 그리고 그 중심점이 정확히 아르카노 숲 아래에 있다는 거지. 만약 루피안이 나무들을 없애기 시작한다면, 말 그대로 우리나라는 가라앉고 말 거야."

나는 너무 놀란 나머지 입이 다물어지지 않았다.

"근데 어떻게 아무도 그 사실을 모르는 거예요?"

"왜냐하면 그 당시 대통령이던 할아버지 루피안, 그러니까 아빠 루피안의 아버지가 로카 박사한테 그 연구 보고서를 회수하라고 엄청난 돈을 줬거든. 그래서 계속 자작나무를 베어 자기네 공장에서 자일리톨을 생산할 수 있었지. 그 집안은 중요한 거라곤 오직 돈밖에 없어. 나머지는 어떻게 되든 상관 안 해."

"그럼 엄마는 아무것도 안 하고 보고만 있을 거예요?"

나는 너무 화가 나 엄마한테 따졌다.

"'항상 방법은 있다'가 엄마가 가장 좋아하는 말이잖아요."

엄마는 그 문구를 사방에 써놓았다. 냉장고에도, 현관에도, 심지어 화장실까지.

"그래, 맞아. 항상 할 수 있는 방법이 있지. 그렇지만 더 이상 뭘 할 수 있는지 정말 모르겠구나. 이제 나도 지쳤나 봐.

내 젊은 시절을 온통 할아버지 루피안과 싸우는 데 바쳤어. 엄마는 세계에서 가장 중요한 환경 기구인 WTF, 즉 세계나무협회의 베툴리아 지부장이었단다. 우린 사회활동가들과 함께 여러 활동을 조직해서 온몸으로 직접 숲을 보호하기도 했어. 나무를 베지 못하도록 서로 손을 잡고 나무 주변을 둘러싸 인간 장벽을 만들면서 말이야."

엄마는 그때를 떠올리며 미소를 지었다. 그러더니 엄마 얼굴에 그늘이 드리웠다.

"그랬더니 아빠 루피안이 다른 학생들한테 나를 '나무 껴안기 대장'으로 부르도록 만들더라. 그때부터 아무도 내 말에 귀를 기울이지 않아."

나는 속으로 생각했다. 제 말도 아무도 들어주지 않을 거예요. 루피안 주니어가 회장에 당선되면 그 잘난 척은 하늘을 찌를 것이고, 과연 어느 누가 그 애를 감당할 수 있을까? 정치나 정치가들이나 죄다 더럽다. 그리고 루피안 가문 같은 사람들이 있는 한, 계속 그렇겠지.

어쨌거나 이에 대해서는 월요일에 다시 불평할 시간이 있을 것이다. 지금은 시골 오두막에서 세상과 단절된 시간을 즐겨야겠다. 지금의 휴식이 안정을 찾아줄 거야. 엄마와 나한테 꼭 필요한 것이다.

아직 얼마만큼 필요할지 모르겠지만.

8

우 리 엄마가 드넓은 자연과 함께 있을 때 얼마나 위험한지
여러분은 상상도 못할 거다. 마치 광합성으로 신경세포
들이 충전돼서 온몸과 뇌가 깨어나는 듯이 아이디어들이 넘쳐나
기 시작한다. 당연히 정신 나간 아이디어들 말이다. 함께 숲을 산
책했던 날 밤 나한테 했던 제안처럼.

"우리, 주말 동안 아날로그 방식의 정화를 해보는 건 어떨까?"

"그거 마스터 파타타샤다가 가르쳐준 거예요? 새로운 방식의
요가인가요?"

"무슨 소리야!" 엄마가 웃었다. "내가 전에 책에서 읽었는데, 일
종의 해독 같은 거야."

"그럼 퀴노아 우유 그만 먹어도 돼요? 드디어!"

"퀴노아 우유가 싫어?" 엄마가 놀라서 물었다. "세상에, 싫어하
는 줄 몰랐네. 근데, 미안하지만 그건 아니야. 아날로그 정화는
기술적인 해독이란다."

"아." 나는 실망감에 눈썹을 축 늘어뜨렸다. "그러니까 주말 동안 컴퓨터, 핸드폰, 텔레비전, 라디오 같은 건 금지라는 말이죠? 맞죠?"

"아빠든 아들이든 루피안도 안 돼." 엄마가 넌지시 웃으며 덧붙였다. "이제 선거 캠페인 광고도, 뉴스도 지긋지긋해. 정말 너도 좀 벗어나고 싶지 않니?"

나는 썩은 두부 냄새라도 맡은 것처럼 코를 찡그렸다.

"어유, 표정 좀 봐." 엄마가 즐거운 표정으로 말했다. "뭐야, 너 주말 동안 핸드폰 없이 살 자신이 없는 거야?"

"당연히 자신 있죠. 그렇지만 무슨 일이 일어나는지 놓치고 싶진 않아요. 혹시나 엄마가 잊어버리셨을까 봐 하는 말인데, 저도 회장 선거에 출마했거든요. 그러니까 선거에 관한 소식은 알고 있어야 한단 말이에요."

"그게 아닌 것 같은데. 내가 보기엔 넌 핸드폰을 멀리할 수 없을 것 같아."

엄마의 도발에 나는 조금 화가 났다.

"할 수 있다니까요! 엄마, 내기하실래요?"

"좋아, 네가 이기면 맥베돌에서 저녁 사줄게."

베툴리아를 통틀어 가장 느끼한 패스트푸드 레스토랑에서의 저녁 내기를 걸었다는 것은 내가 이길 가능성이 전혀 없다고 엄마가 본다는 뜻이다.

하지만 두고 봐. 난 준비됐어.

"제가 이기면 삼층탑 감자튀김이 들어간 햄버거랑, 후식으로 연유 토핑 얹은 세 가지 초콜릿 맛 아이스크림 먹게 해주세요."

"좋아."

엄마는 역시 내가 전자기기 없이는 단 5분도 못 버틸 거라고 확신하는 모양이었다.

엄마 차크라스는 딸 차크라스가 얼마나 지쳐 있는지를 미처 계산하지 못했다. 루피안 주니어의 선거 캠프는 TV 선전을 하진 않았지만(텔레비전까지 나오는 건 정말 말도 안 된다), 일주일 내내 SNS를 통해 사진(매력적으로 보이기 위해 자기 얼굴에 다른 사람의 몸을 합성한 사진), 비디오(자기 방에서 촬영한 영상에 음악을 넣고 오토튜닝으로 편집한 것), 그리고 움직이는 이미지(어떻게 했는지 모르겠지만, 내 선거 포스터 사진에 당나귀의 귀를 그려 넣고, 당나귀 울음소리를 삽입했다)를 마구 쏟아 붓고 있었다.

그런 데다 나는 막판에 갑자기 출마를 결심한 스트레스까지 겹쳐 있었다. 그 모든 것들로부터 벗어나기 전까지는 그것들이 얼마나 나를 지치게 했는지 알지 못했다. 이 디지털 기기와의 단절 실험이 너무 맘에 들어서 나는 토요일 내내 계속하기로 했다.

이렇게 평화롭고 여유로울 수가! 선거 폭풍으로부터 단 하루도 멀리 있는 적이 없었는데, 지금은 마스터 파타타샤다의 피라도 수혈받은 것처럼 평온했다. 엄마는 그림을 그리고, 요가를 하고, 친환경 밭의 토마토들한테 시를 들려주며 하루를 보냈다. 나는 펠릭스 시다드의 자서전을 읽고, 에우포리아의 음악을 듣고,

숲을 산책했다. 엄마가 알려준 아마티스토 로카 박사의 연구 보고서를 읽은 이후로는 자작나무들이 전혀 다르게 보였다.

그날 밤, 나는 굉장히 이상한 꿈을 꾸었다. 아빠 루피안이 선거에서 이겨서 아르카노 골프 프로젝트를 실행하는 데 성공했다. 그리고 숲의 나무들이 베어질 때마다 전 우주적 보복인 듯 베툴리아의 대지가 건물들을 집어 삼켰다. 뇌를 조금 쉬게 하면 신경 세포들이 깨어나는 게 엄마만은 아닌가 보다.

다음 날인 일요일, 나는 느지막이 일어났다. 그리고 엄마가 아침마다 슈퍼푸드 시리얼과 식물성 우유와 함께 준비하는 비타민이 풍부한 건강식을 기대하며 부엌으로 갔다.

그런데 아침거리는 그림자도 보이지 않았다. 침대 시트와 붙어 버리기라도 하신 건가? 너무 이상했다. 엄마는 매일 태양에게 인사하기 위해 새벽에 일어나는 것을 단 한 번도 거른 적이 없었다. 마스터 파타타샤다가 태양에게 인사하기는 요가의 한 동작일 뿐이니 하루 중 아무 때나 해도 된다고 설명했는데도, 엄마는 그것을 문자 그대로 받아들인 것이다.

혹시나 해서 엄마 방을 빼꼼 들여다봤지만 엄마는 보이지 않았다. 다시 거실로 가서 테라스를 살펴보니, 새벽의 자작나무 풍경이 담긴 반쯤 마른 캔버스가 덩그러니 놓여 있었다. 그런데 물통과 팔레트 사이에 끼워진 쪽지가 눈에 띄었다.

'항상 방법은 있다.'

그래서 투표하러 가. 점심때까지는 돌아올게.
(비건 라자냐 해동시켜놓는 거 잊지 마.)
—엄마가

빙그레 웃음이 나왔다. 엄마가 아무리 달나라에 사는 사람 같아 보여도, 당신이 숭배하는 자작나무들만큼이나 땅에 깊이 뿌리를 내리고 있는 것이다. 엄마도 아빠 루피안이 선거에 이길 확률이 아주 높다는 것을 알지만, 그렇다고 그게 그를 막으려는 노력을 포기한 것에 대한 변명이 될 수는 없다. 나는 엄마가 자랑스러웠다. 그리고 이런 생각이 들었다. 내가 아들 루피안을 쳐부술 확률 역시 매우 낮지만, 최소한 노력은 해봐야지 않겠어?

나는 엄마가 돌아오기 전에 음식을 준비해서 엄마를 놀라게 해드리기로 했다. 텃밭에서 상추를 뜯고(당연히 상추들한테 여러 번 사과했다) 양파를 몇 개 뽑았다. 그리고 가장 잘 익은 토마토도 몇 개 땄다. 그리고… 머리가 멍해져버렸다. 정말이지 요리에는 관심이 전혀 없었기 때문이다.

아, TV가 있지? 문득 일요일 점심에 풀레 푸딩푸딩의 요리 프로그램이 방송된다는 사실이 떠올랐다. 물론 TV를 절대 보지 않기로 약속했지만, 좋은 의도라면 이 정도는 용납될 수 있는 게 아닐까? 그래서 나는 재료들을 조리대에 올려놓고 TV 리모컨을 찾아 최대한 빨리 채널을 돌리기 시작했다.

스포츠 채널에서는 베틀리아에서 가장 유명한 축구팀인 에스케헤스 대 레토뇨스의 경기를 중계하고 있었다. 드라마 채널에서는 시청률이 가장 높은 〈코르타사의 심장〉이 방송 중이었다. 어린이 채널에서는 베툴리아의 어린이들이 가장 좋아하는 〈트론코와 플로라의 모험〉이 방송 중이었다. 뉴스 채널에서는 어느 투표소 앞에서 내 얼굴이 나온 투표용지를 들고 있는 기자가 보였다. 그리고 다큐멘터리 채널에서는 자일리톨의 효능에 관한 아주 재미있는 다큐멘터리를 하고 있었다. 자일리톨은 가장 중요한…

잠깐!

나는 '이전' 버튼을 눌러 다시 뉴스 채널로 돌렸다. 기자는 여전히 카메라 앞에서 내 얼굴이 나온 투표용지를 들고 중계 중이었다. 나는 볼륨을 높였다.

"베툴리아의 투표소 중 한 곳에 나와 있는 블랑카 크로니카입니다. 이곳 상황을 생방송으로 전해드리도록 하겠습니다. 아직 그 누구도 대통령 선거 등록 마지막 순간에 출마를 결심한 미지의 후보가 어디에 있는지 모르고 있습니다. 선거 운동도 없이, 어제 모든 후보자가 참여한 TV 토론에도 참여하지 않았습니다.

처음에는 괴상한 표정의 사진 때문에(내 당나귀 같은 얼굴이 화면에 가득 찼다) 누군가 지독한 장난을 친 것으로 여겼습니다만, 중앙선거위원회가 투표용지들이 지정된 파란색 함에 담겨 도착했으며, 지정 인쇄소에서 인쇄되었음을 확인하였습니다. 그래서 후보자로 인정되었는데, 후보자의 이름은…."

그때 오두막 현관 쪽에서 비명이 들려왔다.

"…마아르타아아아 차아크라아아스으…!"

TV 속 기자의 말소리에 메아리처럼 내 이름을 소리쳐 부르는 목소리의 주인공은 바로 엄마였다.

엄마는 방금 우리나라 대통령을 뽑는 선거에 투표를 하고 돌아온 것이다.

자기 딸이 후보자로 나간 선거에 말이다.

“**마**르타, 마스터 파타타샤다를 불러줄까? 아니면 침술사나 마사지사는 어때?”

엄마 목소리가 들렸지만, 나는 정신이 혼미해서 대답할 수 없었다. 온몸의 에너지가 모조리 빠져나간 느낌이었다. 엄마가 외출했다 돌아온 이후, 몇 시간 동안 TV 앞에서 눈이 풀린 채 어떤 말도 할 수 없었고, 손가락 하나도 움직일 수 없었다.

당연히 좋은 엄마인 우리 엄마는 너무 놀라 혼이 나가기 시작했다.

“구급차를 부를까? 경찰을 불러야 하나? 아니면 소방차?”

엄마가 온 힘을 다해 나를 흔들어대며 계속 물어봤지만 나는 여전히 조각상처럼 굳어 있었다.

“아니면… 배관공?”

내가 숨은 쉬고 있는지 확인하려고 엄마가 손거울을 갖다 대려는 순간, 드디어 아주 느리게 입술을 달싹거리는 데 성공했다.

"뉴―우―스."

"뭐라고?"

"방송국에 전화해서 모든 게 다 착오였다고 설명해야 해요."

나는 막 깊은 최면에서 깨어난 듯 눈을 깜빡거리며 같은 말을 반복했다.

"그래, 착오가 있었던 거지?"

엄마는 지금 나 때문에 놀란 것보다 나한테 화가 난 게 좀 더 큰 것 같았다.

"당연하죠! 학생회장 선거도 이렇게 힘든데 어떻게 대통령 선거에 나가겠어요? 투표용지를 인쇄하러 갔는데 늘 다니던 곳이 닫혀 있어서 다른 곳을 찾아갔어요. 그런데 문 앞에 고릴라들이 있더라고요. 처음엔 못 들어가게 하더니 결국 들여보내줬어요. 인쇄소 아저씨가 너무 바쁘셔서 저 혼자서 할 수 있을 거라 생각했죠. 하지만 제가 너무 덜렁댔어요. 100장을 인쇄한다는 게 100만 장을 인쇄한 거예요. 일 때문에 정신없는 아저씨를 귀찮게 하기 싫어서 파란색 상자에 투표용지를 넣었어요. 재활용해야 하니까요. 엄마, 난 그냥 용지를 재활용하고 싶었던 것뿐이에요. 그 상자가 선거용 상자일 줄은…."

나는 그만 울음을 터트리고 말았다.

"진정해, 우리 딸."

엄마가 나를 끌어당겨 품에 안았다. 그리고 나를 진정시키려고 로즈마리 에센스 오일을 내 손목과 관자놀이에 발랐다.

"다 바로잡으면 돼. 엄마가 약속할게. 우선 방송국하고 중앙선 거관리위원회에 전화해서…"

"베툴리아 국민 여러분, 현재 시각은 저녁 여덟 시입니다. 전국 의 투표소들이 문을 닫기 시작했습니다."

TV에서 블랑카 기자의 목소리가 흘러나왔다. 그사이 그녀의 등 뒤에서는 몇 명의 고릴라들이 새끼 고양이 다루듯 마지막 투 표자들의 셔츠를 잡아 끌어내고 있었다.

나는 너무 놀란 나머지 쏟아지던 눈물이 즉시 멈췄다. 그리고 다시 돌처럼 몸이 굳어버렸다.

"안 돼, 마르타!"

엄마가 나를 마구 흔들었다.

"절대 정신 줄 놓으면 안 돼. 정신 차려!"

그러면서 내 코밑에 로즈마리 에센스 오일을 대고 흔들었다.

그 덕분에 나는 다소나마 정신을 차릴 수 있었다.

"이제 괜찮아요."

엄마가 내 어깨를 힘주어 잡고서 사랑이 듬뿍 담긴 눈으로 나 를 봤다.

"걱정 마. 네가 실수를 했더라도 넌 좋은 딸이고 좋은 학생이고 또 좋은 친구야. 넌 그냥 그 종이들을 재활용하려고 했던 것뿐이 야, 그렇지?"

나는 온 마음을 다해 고개를 끄덕였다.

"그러니까 걱정 마."

TV에서는 투표함을 마치 럭비공처럼 대통령 관저로 옮기는 고릴라들을 쫓아가며 블랑카 기자가 중계를 하고 있었다.

"투표소들은 문을 닫았습니다. 개표소 상황을 생방송으로 보내드리도록 하겠습니다. 개표는 대통령의 감독하에 이뤄질 예정입니다."

"그건 불법 아니에요?"

내가 묻자 엄마가 씁쓸한 미소를 지었다.

"영악한 아빠 루피안은 1848년에 제정된 선거법 제13조 14b항을 이용하고 있는 거란다. 이 조항에 의하면 개표는 최소 열 명 이상의 증인이 있다면 후보자들이 할 수 있어. 그래서 루피안은 방송국에 연락해서 대통령 집무실에서 자기를 찍게 한 거지. 온 나라가 지켜보고 있으니 개표는 합법인 거고, 루피안은 승리자처럼 텔레비전에 나올 수 있는 거고. 모든 게 다 쇼야."

팝콘이 미처 준비되기도 전에(엄마와 나는 놀란 나머지 먹는 것도 잊어버려 너무 배가 고팠다), 고릴라들이 대통령 관저에 도착했다. 아빠 루피안은 집무실에 앉아 카메라를 향해 웃고 있었다.

아빠 루피안이 투표용지를 한 장씩 꺼내서 플라밍고처럼 한쪽 다리를 접고 서 있는 루피안 주니어한테 건넸다. 루피안 주니어는 모든 국민들이 지켜보는 가운데 또박또박 발표했다.

"아빠 한 표, 또 아빠 한 표, 다시 아빠 한 표, 그리고 한 표는… 마르타 차크라스."

순간 정적이 흘렀다.

나는 먹던 팝콘이 목에 걸려 질식할 것만 같았다. 화면 속의 루피안 주니어 역시 화가 나 숨이 안 쉬어지는 모양이었다.

"괜찮아, 걱정하지 마. 루피안이 선거 운동에 엄청난 돈을 뿌렸으니 다른 정당들은 득표율이 5퍼센트도 안 될걸. 그러니까 너한테 투표한 사람은 아마 두 사람도 안 될 거야."

"고마워요, 엄마."

루피안 주니어의 목소리가 다시 끼어들었다.

"아빠 한 표, 마르타 차크라스에 한 표, 마르타 차크라스에 또 한 표, 마르타 차크라스 한 표, 마르타 차…."

루피안 주니어가 당황해서 말을 멈췄다.

"아빠! 뭔가 이상해요!"

하지만 아빠 루피안은 꿈쩍도 하지 않았다.

"계속해!"

투표가 진행될수록 나는 점점 더 긴장했다. 내 이름이 루피안의 이름만큼, 아니 더 자주 나왔기 때문이다.

오두막의 전화기는 불이 날 지경이었고, 내 핸드폰은 쉴 틈 없이 진동이 울리는 통에 공중으로 날아오를 것만 같았다. 엄마도 나도 TV에서 한시도 눈을 뗄 수가 없었다.

아빠 루피안은 폭발 직전이었다. 그 옆에 있는 고릴라 경호원은 그가 기절할까 봐 커다란 손부채를 준비해놓고 있었다.

블랑카 기자가 생방송으로 이 드라마 같은 개표를 중계하는 동안, 루피안 주니어는 화가 난 채 계속 표를 세었다.

"베툴리아 국민 여러분."

마침내 투표함이 비자 블랑카 기자가 발표를 시작했다.

"기존 정치인들에 대한 싫증이 예상치 못한 결과를 가져온 것 같습니다. 시민들은 부정부패에 지쳐 있었지요. 51퍼센트의 지지율로 당선된 후보는 바로… 마아르타 차크라아이아스!"

블랑카 기자가 내 이름을 길게 늘여 불렀다. 마치 최고의 인기 축구팀인 에스케헤스가 골이라도 터트린 것처럼 말이다.

인쇄소 앞을 지키고 있었던 거인 여자가 이끄는 고릴라들이 은밀히 웃음 지었다. 하지만 아빠 루피안이 째려보자 입을 꾹 다물고 웃음을 거뒀다.

충격을 받은 아빠 루피안은 결국 로즈마리 에센스 오일을 급히 찾는 엄마와 똑같은 얼굴로 뒤로 나자빠졌고, 루피안 주니어는 떼쓰는 아이처럼 바닥에 주저앉아 몸부림치기 시작했다.

나는 이 악몽에서 깨기 위해 힘껏 꼬집어봤지만, 얻은 것이라곤 팔의 멍 자국뿐이었다.

"난 이제 망했어!"

마르타, 너 루피안을 이기고 싶은 게 아니었어?

일단 진정 좀 하자.

10

"**엄**마어떻게 해요어떻게 해요어떻게 해요…?"

할아버지, 할머니의 오두막이 작게 느껴진 적은 한 번도 없었다. 그런데 지금은 공기도 모자라고, 공간도 부족하고, 내가 기어 올라갈 벽도, 도망칠 문도 충분하지 않은 것 같았다.

"잠깐, 일단 진정하자."

엄마가 내 손을 꼭 잡더니 눈을 감고 거실 바닥에 앉아 다리를 교차시켜 연꽃 자세를 만들었다.

"숨을 깊게 쉬어. 그리고 엄마의 리듬에 맞춰 숨을 들이마셨다가 내뱉어봐."

엄마가 성스러운 소의 호흡법으로 차분히 숨을 쉬었다. 나는 마치 성난 황소처럼 호흡이 거칠었지만 어쩔 수 없었다.

"걱정할 것 없어, 마르타. 단지 착오가 있었을 뿐이니까 사실대로 말하면 돼. 이 기회에…."

딩동!

갑자기 들려온 우렁찬 소리에 엄마가 화들짝 놀라 뛰어 올랐다. 그 모습은 마치 해탈의 경지에 이르러 공중부양을 하는 것 같았다.

딩동! 딩동! 딩동!

초인종 소리였다. 우리가 여기 있다는 사실을 아무도 모르는 줄 알았는데… 사실 나는 이곳에 초인종이 있다는 사실조차 모르고 있었다.

"우리가 문을 열어줄 필욘 없어. 여기 조용히만 있으면 우리가 안에 있다는 걸 아무도 모를…."

"불빛이 보여!" 현관 쪽에서 누군가가 소리쳤다. "안에 있는 것 같아."

"이런, 우리가 여기 있는 걸 안다 해도 설마 문을 부수고 들어오지는…."

엄마가 작은 소리로 속삭였다. 그러고는 살그머니 방마다 돌아다니며 스위치를 하나하나 껐다.

그런데 갑자기 지진이라도 난 듯 오두막 전체가 흔들렸다. 우리는 최대한 은밀히 창문 커튼 뒤로 몸을 숨겼다. 기자들 한 무리가 숲의 자작나무 하나를 뿌리째 뽑아 들고 오는 게 보였다.

"저러면 안 되지! 자작나무들을 건드리면 안 된다고!"

화난 엄마가 목소리를 높이더니 옷소매를 걷어붙이고 문을 활짝 열었다. 엄마는 자연 보호에 관해 한바탕 잔소리를 한 후 기자들을 쫓아낼 작정이었다.

하지만 이미 도움닫기를 끝낸 기자들이 순식간에 오두막으로 밀려들어왔다. 그리고 제 속도를 못 이겨 응접실 벽에 부딪히더니 술주정뱅이처럼 바닥에 쓰러졌다.

겁에 질린 나는 혼자라도 살기로 결심하고, 최대한 들키지 않게 위층 계단으로 뛰어 올라갔다. 캄캄한 어둠 속이라 몇 번이나 넘어질 뻔했지만 절대 불을 켜지 않았다.

드디어 내 방에 도착해 트렁크를 연 순간, 입고 달아나기에는 옷들이 너무 알록달록하다는 걸 깨달았다. 들키지 않게 달아나 숲속으로 숨으려면 변장을 하는 수밖에 없었다. 그런데… 무엇으로? 사냥꾼? 아니면 숲에 사는 동물?

맞아, 나무!

나는 엄마 트렁크에서 자작나무 껍질 같은 이상한 재질로 된 갈색 망토와 머리를 싸맬 수 있는 청록색 숄을 꺼냈다. 내가 어른 나무만큼 크진 않지만, 작은 떨기나무쯤으로는 꾸밀 수 있을 것 같았다.

오두막이 다시 흔들리기 시작했다. 이번에는 아래층에서 서로 부딪치고 발에 걸려 넘어지는 기자들 때문이었다. 그들이 나를 찾으러 올라오는 것은 시간문제였다. 그래서 엄마의 갈색 망토로 몸을 가리고, 침대 시트로 밧줄을 만들어(그래, 내가 감옥 탈출 영화를 너무 많이 본 거지. 나도 잘 안다) 침대 다리에 힘껏 묶은 후 창문 밖으로 탈출을 시도했다.

다행히 밧줄은 잘 버텨줬다. 다만 길이 계산을 잘못해 50센티쯤 차이로 땅에 발이 닿지 않았다. 자, 하나, 둘, 셋에 뛰는 거야. 나는 수영장에서 다이빙할 때처럼 균형을 잡았다.

"악!"

순간 비명이 터져 나왔다. 착지하는 순간 발목이 꺾인 것이다.

"저쪽 뒤에 있다!"

기자들 중 한 명이 소리쳤다. 그러자 기자들이 엄마를 덩그러니 남겨둔 채(엄마는 베툴리아의 동식물 보존이 얼마나 중요한지에 대해 설교 중이었다) 우르르 밖으로 뛰쳐나와 나를 찾기 위해 오두막 주위를 맴돌았다.

나는 절뚝거리며 뛰기 시작했다. 하지만 머리에 터번처럼 두른 숄이 계속 흘러내려 눈을 가렸고, 갈색 망토는 너무 컸다. 자작나무는 너무 멀리 있었고, 기자들은 이미 가까이 다가와 있었다. 이 순간 내가 할 수 있는 거라곤 딱 한 가지밖에 없었다. 나는 나뭇가지 두 개를 집어 들고 머리에 흙과 나뭇잎을 뿌린 후 눈을 감고 하늘을 향해 팔을 벌렸다.

나무로 변장하는 것은 굉장히 바보 같은 계획이지만, 맹세컨대 효과가 있었다. 물론 아주 잠깐 동안만. 기자들의 수가 너무 많은 데다 그들은 마치 사냥개처럼 움직였다. 그중 한 명이 내 발을 밟는 바람에 나는 어쩔 수 없이 비명을 지르고 말았다.

"아얏!"

나는 다시 도망치기 시작했다.

"여기예요, 여기!"

마치 승리의 여신처럼 블랑카 기자가 외쳤다. 그녀는 카메라맨한테 나를 찍으라는 신호를 보내며 마이크를 들이댔다.

"대통령님, 나무 변장을 전통 의상으로 지정하시려고 하는 겁니까? 그게 대통령으로서의 첫 행보입니까?"

"대통령요? 여러분은 지금 제 모습을 보고도 그런 말이 나오시나요?"

나는 나뭇잎과 망토를 떼어내며 말을 이었다.

"저는 대통령이 될 수 없어요! 이제 겨우 열세 살이라고요! 혼자서는 에코 모드로 세탁기를 돌릴 줄도 모른단 말이에요! 다시 선거를 해야 해요! 전부 착오였어요! 미성년자가 어떻게 대통령이 될 수 있겠어요!"

"학교에서 배우셨을 거라고 생각합니다만, 대통령님."

마이크를 바짝 들이대며 블랑카 기자가 말을 이었다.

"1848년에 제정된 베툴리아 선거법은 그 이후에 개정된 적이 없습니다. 그 당시 베툴리아의 인구가 너무 적어서 나이, 인종, 성별 혹은 종교와 상관없이 누구든 대통령이 될 수 있도록 정해졌지요. 국가적 혼란을 막기 위해, 가장 많은 표를 얻은 후보자는 최소한 100일 동안 대통령으로서 임무를 수행해야 합니다. 그렇지 않으면 50년하고도 3시간을 감옥에 있어야 하지요. 이미 아시겠지만 베툴리아의 감옥은…."

"…중세 시대 이후로 한 번도 고친 적이 없죠."

나는 꿀꺽 침을 삼켰다.

"네, 잘 알아요."

100일 동안 대통령이라니… 이 모든 것이 고작 인쇄소에서의 해프닝 때문에 벌어졌다니….

이렇게 된 이상 나에겐 두 가지의 선택밖에 없었다. 수감자들이 자나 깨나 간지럽히기 고문을 당하고, 간수들이 큰 쥐를 말처럼 타고 돌아다니는 감옥 속에서 썩거나, 아니면….

"알겠어요. 대통령이 될게요."

나는 항복하고 말았다.

II

깨어나자마자 처음으로 느껴진 것은 발목의 통증이었다. 나는 눈곱을 떼어내며 생각했다. 대체 무슨 꿈이 이렇게 진짜 같은 거야? 나는 분명 도시에 있는 우리 집의 내 방, 내 침대에 있었다. 그건 내가 떼거리로 몰려온 기자들을 피하려고 오두막 창문에서 뛰어내려 발목을 접질린 적이 없다는 뜻이다.

회장 선거의 스트레스가 여전히 나를 괴롭히고 있는 것 같다. 정말이지 진을 다 빼는 악몽이었다.

꿈이 아니라면 엄마가 이 시간까지 자라고 놔뒀을 리가… 잠깐, 7시 50분?

학교에 늦었다!

"엄마! 엄마아아아!"

내 방문이 열렸다. 그런데 보이는 것은 엄마의 하늘거리는 옷도, 치렁치렁한 비즈 목걸이도 아니었다. 아담한 체구에 예복과 나비넥타이를 빈틈없이 갖춰 입은 한 여인이 새하얀 장갑을 낀 손으로 은쟁반을 들고 들어왔다. 은쟁반 위에는 내가 집에서 신는 실내화가 놓여 있었다. 실내화의 오른쪽에는 '행복', 왼쪽에는 '시다드'라 적혀 있고, 에우포리아의 콘서트 장면이 인쇄되어 있었다. 여인은 그 실내화가 마치 유리 구두라도 되는 양 조심스럽게 들고 있었다.

"감사—합니다. 그런데… 누구세요?"

"암브로시아라고 부르셔도 됩니다, 대통령 각하."

경의를 표하며 여인이 말했다.

"감사—합니다, 암브로시아."

잠깐, '대통령 각하'라고 한 거야?

나는 침대에 걸터앉아 암브로시아가 바닥에 놔준 실내화에 발을 밀어 넣었다. 그리고 벌떡 일어났다가 다시 주저앉았다.

대통령 각하라고?

암브로시아가 나를 '대통령'이라고 불렀다. 내가 악몽을 꾼 게 아니었다. 정말 선거에서 이긴 것이다. 어제저녁에 너무나 피곤했던 나머지, 나를 우리 집으로 데려온 것도 까맣게 잊고 있었다.

"괜찮으십니까, 대통령 각하?"

그렇게 걱정하는 듯이 물었지만 암브로시아의 목소리에서는 아무 감정이 느껴지지 않았다. 마치 돌 조각상 같은 인상을 풍겼다.

"조금 창백하시네요. 전용 부채질사를 불러드릴까요?"

"대통령 전용 부채질사가 있어요?"

"물론입니다, 각하. 원하신다면…."

"우리 엄마를 불러주실 수 있을까요?"

암브로시아가 정중하게 머리를 끄덕이더니 바로 문으로 향했다. 그리고 문 앞에서 목을 가다듬고 주먹으로 가슴을 몇 번 치더니 큰 소리로 외쳤다.

"대애통령니임 어머니임! 가악하께에서 차아즈시입니이다아!"

"이런, 우리 엄마한테 소리 지르시지 않는 게…."

"그러면 내 차크라가 닫힌다고요. 벌써 마흔 번은 말씀드린 것 같은데요." 엄마가 방으로 들어오며 투덜거렸다. "자리 좀 비켜주시겠어요? 딸하고 둘이서만 할 얘기가 있어서요."

하지만 암브로시아는 얼굴 표정도, 돌 조각상 같은 몸짓도 그대로인 채로 꿈쩍하지 않았다.

"암브로시아, 둘만 있고 싶은데요. 자리를 비켜주시겠어요?"

내가 부탁하자 암브로시아는 그제야 수긍하며 절도 있게 몸을 돌렸다. 그 몸짓에 그녀의 재킷 자락이 펄럭이며 마치 두 개의 채찍처럼 엄마를 강타했다. 방을 나갈 때 입가에 희미하게 미소가 떠오른 것도 같았다.

"저 여자는 나를 싫어하는 게 분명해!" 엄마가 볼을 문지르며 투덜거렸다. "이젠 너한테 자기가 있으니 난 필요없다고 하더라."

"그건 암브로시아가 엄마 있는 사춘기 대통령은 처음이라 적응이 안 돼서 그런 거겠죠."

나는 웃으며 말했지만, 금세 웃음기가 사라졌다.

"엄마, 내가 정말 대통령이 된 거 맞아요?"

엄마가 침대에 걸터앉으며 대답했다.

"그래, 그게 사실이라는 게 너무 무섭구나. 어젯밤부터 아빠 루피안이 선거 결과를 무효로 만들고 다시 치를 수 있는 방법이 있는지 법률가들과 상의했는데, 모두들 같은 결론이래. 민주적 투표로 뽑힌 베틀리아의 시민은 누구든 최소한 100일 동안은 대통령을 해야 한다는구나. 그러지 않으면…."

"중세에 지어진 그 오래된 감옥에 50년 동안 있어야 하죠. 알아요, 벌써 들었는걸요."

저절로 한숨이 새어 나왔다.

"엄마, 이제 어떻게 해요? 어떻게 나 혼자 3개월도 넘게 이 나라를 책임져요?"

엄마는 나를 진정시키려고 애썼다.

"이런, 넌 혼자가 아니야. 엄마는 당연히 네 곁에 있을 거야. 그리고 아래층에 있는 모든 사람들도 마찬가지고."

"어떤 사람들요?"

"네 보좌관들 말이야."

뜨거운 물로 오랫동안 샤워를 한 후 거실로 내려갔을 때, 우리 집이 작아진 것 같은 착각이 들었다. 방마다 잘 차려입은 남자들과 여자들로 꽉 차 있었다. 그들은 버드나무로 만든 의자와 동그란 쿠션 의자, 그리고 엄마의 요가 매트에 앉아 있었다.

그 모든 사람들이 나의 출현을 알아차리자마자 에우포리아의 콘서트라도 되는 양 박수를 보내기 시작했다.

"대통령 각하." 흰 옷을 차려입은 한 남자가 내 손등에 입을 맞추며 자기소개를 했다. "저는 이미지 보좌관 모데스토 간치요라고 합니다. 지금 즉시 대통령 각하 스타일을 만들…."

"지금 가장 시급한 것은 오늘 아침에 있을 기자회견 준비입니다." 팔에 베툴리아의 모든 신문을 걸치고 있는 안경 낀 여인이 끼어들었다. "각하, 저는 소통 보좌관 레오 가세타라고 합니다. 지금 즉시 대통령 관저로 이동하셔야 합니다."

"마르타는 대통령 관저로 가지 않을 겁니다."

엄마가 엄마다운 근엄한 목소리로 대답했다.

순간 거실 안이 쥐 죽은 듯이 조용해졌다. 암브로시아조차 조

금 놀란 듯했다.

"마르타는 학교에 갈 겁니다. 당연히 학교로 가야죠. 그리고 숙제를 마치면 대통령으로서의 책임을 다할 거예요."

엄마가 마치 대통령처럼 권위를 세워 선언하자 아무도 반대할 엄두를 내지 못했다.

엄마가 나를 향해 다가오며 덧붙였다.

"마르타, 어서 가방 챙겨. 자전거 타고 가자."

"그건 불가능합니다, 여사님."

걸걸한 여자 목소리가 반격했다. 그리고 대문짝만 한 손이 내 어깨 위로 내려왔다.

돌아보니 많이 본 듯한 얼굴이 보였다. 그 목소리의 주인공은 바로 전 대통령의 경호원인 고릴라들의 보스였다. 아빠 루피안이 학교에 방문했던 날 교문 앞에서 통행을 막았던, 내가 투표용지를 인쇄하러 갔을 때 인쇄소 안으로 들여보내줬던 바로 그 거인 여자였다.

"제 소개를 하겠습니다."

그녀가 커다란 손을 내밀며 악수를 청했다. 나는 그녀의 손가락 끝을 겨우 붙잡고는 침을 꼴깍 삼켰다.

"제 이름은 라모나 치타입니다. 대통령 경호를 담당하는 경호실장입니다. 지금부터는 제가 대통령 각하의 그림자입니다."

"제 그림자요?"

"네, 대통령 각하의 경호원이란 뜻입니다. 사방 500미터 안에서는 그 누구도 기침조차 못 하도록 책임지는 사람이지요."

"아—하—하—하, 굉장하네요."

라모나가 갑자기 나를 향해 몸을 숙였다. 나는 놀라서 몸을 움츠렸다. 하지만 그녀는 그 커다란 손으로 입을 가리고는 나한테 귓속말을 건넸다.

"선거에서 이기셔서 저희는 무척 기쁩니다."

그러니까 내가 착각한 게 아니었다. 인쇄소에 갔던 날 그녀는 정말로 나를 도와준 것이었다.

라모나는 아무 일 없었던 척 시치미를 뗀 채 모든 사람들이 들을 수 있도록 큰 소리로 말했다.

"대통령 경호실장으로서의 첫 임무는 대통령 전용 차량으로 두 분을 학교에 모셔다드리는 것이 될 겁니다."

엄마가 얼굴을 찌푸렸지만, 라모나는 선글라스를 내리고 엄마한테 한쪽 눈을 찡긋했다.

"전기 차량입니다. 유해 가스에 관해서는 걱정하지 않으셔도 됩니다."

라모나가 신호를 보내자 경호원들이 로마제국 병사들처럼 엄마와 나를 둘러쌌고, 나의 경호실장은 대통령으로서의 첫날 우리를 학교로 데려다줄 대통령 전용차로 안내했다.

12

대통령 전용차는 라모나의 말대로 전기차였다. 게다가 일반 자동차가 아니라 엄청나게 긴 리무진이었다.

하지만 엄마는 차크라가 닫혀버린다며 차에 타기를 거부했다. 그리고 라모나가 잡아채기 전에 얼른 2인용 자전거를 타고 학교로 출발했다.

라모나가 나를 향해 돌아서서 어떤 반항도 허용하지 않겠다는 표정으로 리무진 문을 열어줬다.

리무진은 겉모양만 봐도 입이 떠억 벌어졌지만(한 가지만 말하자면, 지붕에 수영장이 있었다!) 내부는 훨씬 더했다. 어찌나 넓은지 우리 집 거실만 했다. 텔레비전과 비디오 게임 콘솔에 수족관까지 있었고, 미니바도 갖추고 있어서 웨이터들이 디저트 쟁반을 들고 돌아다녔다. 디저트는 녹차 카스테라와 비슷하게 생겼는데… 잠깐, 프랄린 초콜릿 크림이 든 건 누군가의 전문인데….

"하―하비?"

내 친구가 나한테 쟁반을 내밀고 있었다.

"대통령님, 제가 아침을 대접하도록 허락해주십시오." 하비가 웃으며 말했다.

그때 아가타가 손에 오렌지주스 병을 들고 나타났다.

순간 내가 너무 힘껏 둘을 껴안는 바람에, 우리는 하마터면 바닥으로 넘어질 뻔했다.

"조심해! 옷에 다 묻겠다!" 디저트 쟁반을 들고 곡예하듯 균형을 잡으려 애쓰며 하비가 경고했다.

"넌 얼룩진 교복을 입고 학교에 나타나면 안 돼! 넌 이제 대통령이란 말이야!" 블라우스에 튄 주스 자국을 닦아주며 아가타가 말했다.

"아, 제발 그런 말은 말아줘. 너희가 여기 있어서 얼마나 기쁜지 몰라. 지금 무슨 일이 벌어지고 있는지, 정신이 하나도 없어. 그래서 너희들한테 미리 말할 겨를도 없었어. 나한테 화난 거 아니지?"

"너, 바보야?" 아가타가 어이없다는 듯 말했다. "이제 우린 베툴리아에 특별한 기차역을 짓거나 식품조리부를 만들라고 널 구워삶을 수도 있거든. 그런데 왜 너한테 화를 내겠어."

"우린 널 깜짝 놀라게 해주고 싶었어. 그리고 학교에 가기 전에 잠깐이라도 즐거운 시간을 갖게 해주고 싶었을 뿐이야. 우리가 보기엔 그게 필요할 것 같았거든." 하비가 리무진 창밖을 가리키며 말했다.

몰려든 기자들 때문에 차가 움직일 수 없을 정도였다. 기자들은 마이크로 창문을 두드리며 파인애플 통조림의 급격한 가격 상승에 관해 어떻게 생각하는지, 세계 죄수 축구대회에 참석할 의향이 있는지 등을 큰 소리로 물어댔다.

"헐, 꼼짝도 못하겠네. 마르타, 어쩔 셈이야?" 창밖을 보며 아가타가 말했다.

"뭐를? 파인애플 통조림 가격? 아니면 축구대회?" 나는 손으로 머리를 감싸며 대답했다. "나도 모르겠어! 난 숙제할 시간조차 없었단 말이야."

"학교 걱정은 안 해도 될 것 같은데." 하비가 말했다. "이제 넌 우리나라 대통령이잖아."

리무진이 학교 앞에 멈춰 서자 마이크와 카메라 플래시 세례가 우리한테 쏟아졌다. 라모나와 고릴라들은 우리를 에워싸서 학교 안으로 데리고 들어갔다.

마침내 학교에 들어가자 마음이 편해졌다. 이젠 사람들이 떼로 달려들어 묻지도 않고, 같이 사진을 찍어달라는 사람도 없겠지.

거의 그럴 뻔했다.

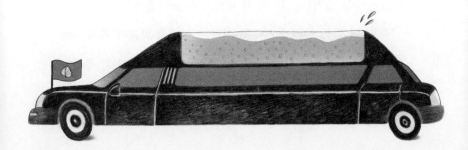

"대통령님!"

학생 한 명이 나를 둘러싼 고릴라 장벽 안으로 끼어들기를 시도했다. 나는 라모나한테 길을 터주라는 신호를 보냈다. 그러자 그 애가 핑크색 바탕에 반짝이 별들이 있는 그림을 내 얼굴 앞으로 들이밀었다.

"사인 좀 해주시겠어요?"

"너무 예쁜 그림이다. 딱 내 스타일인걸." 아가타가 말했다.

내가 너무 순진했다. 당연히, 학교 전체가 알고 있었다. 이 멀대 같이 큰 아이(그러고 보니, 엄마와 나의 일에 항상 끼어드는 인간들 중 하나였다) 뒤쪽으로 나한테 사인을 요청하기 위해 학생들이 길게 줄을 서 있었다. 내가 마치 에우포리아의 펠릭스 시다드라도 되는 것처럼 말이다!

나는 맨 앞에 있는 아이한테 그냥 가라고 말하고 싶었다. 그런데 하비가 '이젠 네가 좋아하지 않는 사람들한테도 잘해줘야 해.' 하고 말하는 표정으로 나를 봤고, 아가타는 내 어깨를 붙잡았다. 결국 나는 친구들의 뜻을 받아들여 그림에 사인을 해줬다.

무려 그림 327개, 달력 252개, 가방 178개, 티셔츠 49개 그리고 3개의 깁스에 사인을 한 결과, 내 손은 순대처럼 붓고 말았다. 우리 학교의 거의 모든 학생들 소지품 중 하나에 내 사인이 있는 셈이었다.

라모나가 나한테 얼음주머니를 건네주고 손가락을 튕겨 딱 소리를 내자 고릴라들이 교실까지 나를 에스코트했다. 교실에 들어서니, 누군가가 내 책상을 사자 다리가 달린 마호가니 책상으로 바꿔놓은 게 보였다. 그리고 항상 앉던 딱딱하고 불편한 의자 대신 머리받침까지 있는 안락의자가 놓여 있었다.

"이게 다 뭐지?"

새 책상 위에는 펠릭스 시다드의 사인이 든 사진 액자가 놓여 있었다.

수학 담당인 피타고라스 선생님이 한쪽 눈을 찡긋했다.

"대통령님을 위한 작은 안락함이랍니다."

그때 루피안 주니어가 끼어들었다.

"야, 거긴 회장을 위한 자리야. 바로 내 자리라고!"

이젠 침팬지들 중 누구도 그 애를 따라다니지 않는 듯했다.

"이젠 아니랍니다, 루피안 군." 피타고라스 선생님이 대신 대답했다. "자, 이제 채점한 시험지를 나눠줄 수 있을까요?"

그러고는 루피안한테 윗부분에 빨간색으로 점수가 매겨진 종이 뭉치를 안겼다.

루피안이 책상에 가방을 내려놓더니 피타고라스 선생님의 부탁을 들어드리는 대신, 종이를 열심히 뒤적거려 자기 시험지를 찾아냈다.

"이게 뭐야, 빵점? 어떻게 이러실 수 있어요, 피타고라스 선생님! 절대 가만 안 있을 거예요. 집에 가자마자…."

"무엇을 할 건가요, 루피안 군? 아버지한테 말씀드릴 건가요?"

선생님의 무서운 기세에 기가 죽어서 루피안의 키가 10센티미터

쯤 작아진 듯했다. 하지만 루피안은 바로 아무렇지 않은 듯 시치미를 떼며 시험지를 정리했다. 그리고 구시렁거리며 선생님이 시킨 대로 시험지를 나눠주기 시작했다.

"넌 60점이야." 루피안이 하비의 가슴팍에 시험지를 던졌다.

"자, 넌 90점." 아가타에겐 시험지를 뭉쳐 공을 만들어 이마에 던졌다.

"넌… 100점?"

나한테 시험지를 주면서는 튀어나올 듯이 루피안의 두 눈이 커다래졌다.

"뭐, 100점이라고?"

나는 너무 이상해서 되묻지 않을 수 없었다. 수학을 못하는 편은 아니지만 내가 알기로는 최고점이 80점이었는데….

"영향력 있는 사람한테 주는 피타고라스 선생님의 특별 점수야. 지금의 자리를 맘껏 누려, 마르타. 얼마나 가는지 두고 보겠어." 루피안이 이를 악물고 말했다.

자기 자리(깨진 창문 옆으로 바뀌었다)로 돌아가기 전에 루피안이 나를 째려봤는데, 지금 자리가 최대한 짧게 가기를 온 마음으로 바라고 있는 게 뻔히 보였다.

루피안은 알 리 없겠지만, 처음으로 우리 둘은 같은 것을 바라고 있었다.

시간이 지나면 모든 게 진정되어갈 줄 알았다. 하지만 그건 그냥 나의 바람이었을 뿐… 나의 계획은 최대한 눈에 띄지 않고 지나가는 것이었는데, 대통령을 위한 장신구들은 전혀 도움이 되지 않았다. 농담이 아니다.

내 교복 앞부분을 덮고 있는 대통령을 상징하는 목걸이를 보자마자 아가타가 외쳤다.

"세상에, 완전 대박!"

금으로 된 이 목걸이는 반짝이는 것들이 빼곡히 박혀 있었다.

"나, 이거 빌려도 돼?"

"아니, 그냥 줄게. 대통령 자리도 가져가, 영원히."

"그래도 멋지지 않아? 아직 업무를 시작한 것도 아니고, 3주간의 숙제 면제에 개인 화장실도 있지, 게다가 풀레 푸딩푸딩이 직접 만든 요리들이 있는 학교 식당의 VIP라니!"

"그렇지. 그리고 셀카도 1,642번이나 찍어주고, 이틀 전까지만 해도 나를 미워하던 사람들이 아부하는 것도 참아줘야 했지. 그뿐이야? 경비원 아저씨는 내가 지각해도 눈감아주는 대신 자기 여동생을 정원사로 써달라고 부탁하시더라. 네 말대로 아직 난 대통령으로서 시작도 안 했는데 말이야."

정말 말 그대로 나의 그림자(엄청나게 큰 그림자)가 된 라모나가 뭔가 중요한 게 생각난 듯 갑자기 멈추더니, 시계를 봤다.

"대통령 각하, 지금 즉시 떠나셔야 합니다."

"네? 어디로요?"

라모나는 대답 없이 나를 감자 포대자루처럼 어깨에 들쳐 메고는 치타처럼 달리기 시작했다.

하비가 가는 길에 먹을 수 있도록 27가지 곡물로 만든 샌드위치를 던져줬다. 아가타는 작별 인사 대신 에우포리아의 발라드 곡의 후렴을 불렀다.

> 영원한 이별이 아니라 잠깐의 헤어짐이에요.
> 영원한 이별이 아니라 잠깐의 헤어짐이에요.
> 당신을 떠난다면 난 살 수 없어요.

라모나는 전속력으로 정원을 가로질러 마치 탱크처럼 사람들을 헤치며 거리로 나갔다.

"아아아…" 나는 라모나의 등을 치며 소리쳤다. "어디로 가는 거예요?"

하지만 라모나는 멈추지 않고 계속 달렸다. 리무진에 도착하자마자 뒷문을 열고 세탁기에 빨랫감 넣듯 나를 차 안으로 던졌다. 눈앞에서 별이 반짝거리는 통에, 차가 출발했을 때도 나는 불평한 마디 할 수 없었다.

국립 관현악단이 우리 뒤쪽에서 행진하며 연주를 시작했다.

"즐거운 오후입니다, 대통령님."

낯선 젊은 남자의 목소리에 깜짝 놀라 쳐다보니, 치약 광고에나 나올 법한 미소를 띤 어떤 남자가 자기소개를 했다.

"저는 대통령 비서관 오스카 데지네라고 합니다."

그러고 보니 오늘 아침 거실에 있던 많은 보좌관들 사이에서 그를 본 듯도 했다. 대통령이 된다는 건 정말 황당한 일이지만, 공부를 하지 않고도 시험을 통과하고, 학교 식당의 VIP 존도 즐길 수 있다. 제일 좋은 건 펠릭스 시다드보다 더 잘생긴 비서도 생긴다는 것이다.

오스카는 가는 길 내내 나한테 말을 건넸다. 비록 그가 하는 말의 반도 못 들었지만 말이다. 그가 너무 잘생긴 데다, 리무진 밖에서 일어나는 일에 정신이 팔려 있었기 때문이다.

길 양옆으로 엄청난 인파가 몰려들었다. 모두들 내 얼굴이 박힌 포스터와 내 이름이 적힌 배지, 그리고 '최고의 대통령 마르타 차크라스, 새로운 물결'이라고 적힌 플래카드를 들고 있었다. 심지어 우리가 지나는 거리의 나무 울타리들을 가지치기해서 나와 닮은 모양으로 만들어… 나? 나를?

"왜 나를 지지하는 거죠?" 나는 큰 소리로 물었다. "난 그냥 평범한 열세 살 소녀일 뿐인데요."

"여러 가지 이유가 있습니다. 가장 큰 이유는 기존 정치인들한테 신물이 났다는 겁니다. 늘 똑같은 인물들이어서 누구한테 투표하든 거기서 거기였죠. 그런데 새로운 인물이 나타나 선거에 새바람을 몰고 온 거죠."

이번 선거에 고양이가 출마하지 않은 게 다행이다.

갑자기 리무진이 멈춰 서자 국립 관현악단의 연주도 멈췄다. 그리고 베툴리아의 대통령 관저 철문이 열렸다.

아니, 여성 대통령 관저.

새로운 나의 집.

자작나무의 초록색으로 칠해진 2층 대저택은 수많은 종류의 나무들에 작은 호수까지 있는 거대한 정원에 둘러싸여 있었다. 그리고 정원 뒤쪽은 아르카노 숲과 바로 연결되어 있었다. 엄마가 본다면 좋아서 팔짝 뛸 것 같다는 생각이 들었다.

"어서 오십시오, 대통령 각하."

언제나 그렇듯 암브로시아가 무덤덤한 얼굴로 허리 숙여 인사했다.

"저를 따라오시지요."

나는 긴 복도를 따라 마치 새끼 양처럼 그녀 뒤를 졸졸 따라갔다. 복도의 벽은 우리나라의 모든 종류의 식물 잎사귀를 말려 만든 식물도감으로 장식되어 있었다.

암브로시아가 내가 멘 가방과 손에 든 파일을 가져갔다.

"제가 들겠습니다, 대통령 각하."

"아, 괜찮…."

"각하, 기자회견 때 하실 답변들을 검토해주셔야 합니다."

레오 가세타가 엄청나게 두꺼운 대본을 건네며 말했다.

"기자회견요?"

"움직이지 마십시오, 각하." 반대쪽에서는 모데스토 간치요의 목소리가 들렸다. 그는 목에 줄자를 걸치고 입에 핀을 물고 있었다. "정장을 맞추려면 치수를 재야 하거든요."

나의 이미지 보좌관을 위해 움직이지 않고 있는 동안, 어떤 여자가 내 옆에 나무 이젤을 놓더니 최대한 빠른 속도로 그림을 그리기 시작했다.

"뭐 하시는 거예요?"

"우리나라에서 가장 유명한 화가인 셀레스테 카바예테입니다. 각하의 초상화를 그리는 중이랍니다." 암브로시아가 설명했다.

나의 집사 암브로시아가 다른 곳으로 나를 데리고 가는 동안, 사람들이 내 주변을 왔다 갔다 하며 좋다 싫다 말할 틈도 없이 이것저것 요구하고, 옷매무새를 고쳐줬다.

오스카는 내 옆에서 걸으며 숨 쉴 틈 없이 얘기를 늘어놓았다.

"여러 가지로 기대해볼 수 있을 것 같습니다. 어쩌고저쩌고… 이 나라에는 새로운 피가 필요합니다. 어쩌고저쩌고… 감격적인 순간이 다가오고 있는 것이죠!"

겨우 복도 끝에 다다르자, 간치요 보좌관이 나한테 두 팔을 들라고 하더니 맞춘 옷을 입혔다. 그리고 발에는 낮은 굽의 고급스러운 구두를 신겼다.

"이게 다 뭐예요?"

"취임식 의상입니다." 오스카가 내 머리에 리본 장식을 달아주며 설명했다. "취임식은 공식적으로 대통령이 되는 상징적인 의식이지요. 지금 전 국민이 대통령의 연설을 기다리고 있습니다."

나는 덜컥 겁이 났다.

"연설요? 무슨 연설요?"

"연설에 대해 못 들으셨나요? 상관없습니다. 분명 뭔가 생각이 나실 겁니다. 행운을 빕니다!"

오스카가 벨벳 커튼 사이로 나를 가볍게 밀어 넣었다.

문턱을 넘어서자 환호 소리가 대통령 관저를 뒤흔들었다.

발코니 아래로 엄청나게 많은 사람들이 깃발을 흔들며 소리치고 있었다.

"차ㅡ크ㅡ라스! 차ㅡ크ㅡ라스!"

베툴리아 의장대가 나를 향해 경례했고, 하늘에서는 폭죽이 터지는 동안 몇 대의 비행기가 색색의 연기로 베툴리아 국기를 수놓았다.

이렇게나 많은 사람들이 나의 연설을 들으러 왔는데, 정작 나는 아무런 준비가 되어 있지 않았다. 학교에서도 사람들 앞에서 말하는 게 제일 어려웠는데… 심지어 온 나라가 지켜보는 앞에서 과연 무슨 말을 해야 할지 눈앞이 캄캄하기만 했다.

"음, 어…."

이게 떠오른 전부였다. 이 웅얼거리는 소리가 스피커를 통해 크게 울려 퍼졌고, 나는 멍청이처럼 그냥 가만히 서 있었다.

맨 앞줄을 보니 아빠 루피안과 아들 루피안이 손을 비비며 변비 걸린 오리너구리 같은 내 얼굴을 지켜보고 있었다. 그곳에는 오스카와 암브로시아, 라모나, 그리고 간치요, 가세타, 카바예테, 피타고라스 수학 선생님, 옥타비오 수위 아저씨, 그리고 마스터 파타타샤다도 있었다.

물론 엄마와 하비, 아가타도 함께였다. 세 사람은 솔트 캐러멜을 입힌 팝콘을 먹으며 나를 자랑스럽게 바라보고 있었다. 아가타는 다른 사람들처럼 국기를 흔드는 대신, 에우포리아의 깃발을 들고 있었다.

에우포리아.

맞다. 이 모든 사건을 겪고 나니 뭔가 말하고 싶은 것이 있었다. 나는 목소리를 가다듬고 눈을 감은 후, 준비된 연설은 없으니… 대신 노래를 시작했다.

무언가가 썩어가는 것을, 무언가가 죽어가는 것을
우리는 오래전부터 알고 있었어.
너의 거짓 덩어리에서는 썩은 내가 진동했지.

나는 두 루피안을 가리켰다.

내가 그 덩어리들을 쓰레기통으로 던져버렸어.
그리고 모든 것이 좋아졌어.

그런 다음 나를 가리켰다.

잠깐 동안의 정적.

놀란 표정들과 당혹감에 웅성거리는 소리들.

취임식에서 에우포리아의 노래를 부를 줄은 아무도 예상하지 못했을 것이다.

하지만 곧, 박수갈채와 환호가 터져 나왔다. 사람들이 "차-크-라스! 차-크-라스!"를 연호하는 동안 오스카는 웃음을 지었고, 나는 안도의 숨을 내쉬었다.

그렇습니다, 여러분. 저는 방금 펠릭스 시다드의 노래로 베툴리아 국민들의 마음을 사로잡았답니다.

대통령으로서의 첫날이 이렇게 지나갔다. 이제 99일 남았어.

'**베**툴리아 쓰레기를 치우다!'
　'마르타 차크라스, 청정 대통령'
'우리나라에 신선한 바람이 불다!'

대통령 집무실 '달걀방'(정말 방이 달걀 모양이었다)의 내 테이블 위에 펼쳐져 있는 〈오후의 자작나무〉, 〈베툴리아의 편지〉, 〈자작나무 숲의 소리〉 신문의 헤드라인이었다.

나는 신문을 접어 바닥에 버렸다.

아, 진짜 창피해!

"마르타, 바닥에 물건을 버리면 안 돼. 방의 풍수를 망친다고."

엄마가 나를 꾸짖었다.

그 말에 반항하고 싶었던 암브로시아가 평소처럼 표정 하나 변하지 않은 채 내 옆으로 오더니, 테이블 위에 있던 나머지 신문들을 바닥에 버렸다. 순간 엄마의 아우라가 검게 변했다. 하지만 텔레비전에서 전날 뉴스들을 정리해주는 프로그램이 시작하는 바람에 암브로시아를 나무랄 기회를 놓치고 말았다.

"어린 새 대통령 마르타 차크라스가 취임식에서 한 짧고 알쏭달쏭한 연설을 분석하기 위해 문학비평가협회가 어제 긴급회의를 소집했습니다."

벽에 붙은 영화 스크린(사악한 아빠 루피안은 나라를 위해 일하는 대신 영화나 드라마만 보고 있었던 게 분명하다)에 블랑카 기자가 나타나서 소식을 전했다.

"문학 교수들과 박사들은 428쪽짜리 연구논문을 만들어 대통령의 숨겨진 메시지가 무엇인지를 분석…."

나는 화가 나서 한숨을 쉬었다. 도대체 왜 계속 이슈를 만드는 거지? 그냥 노래 이상도, 이하도 아니었다고!

암브로시아한테 텔레비전을 꺼달라고 하려는데, 갑자기 블랑카 기자가 몸을 휙 돌리더니 마이크를 펠릭스 시다드의 입을 향해 가져갔다.

"에우포리아 멤버들 모두, 임기를 시작하는 취임식에서 저희 노래를 부르셨다는 것을 굉장한 영광으로 생각하고 있습니다."

시청자들을 홀리는 미소를 지으며 펠릭스 시다드가 말했다.

"만약 대통령께서 원하신다면 지금과 같은 변화의 시기를 위한 새로운 국가를 작곡해보고 싶습니다…."

지난 3일 동안 내가 겪었던 일들을 생각해보라. 그런데 펠릭스 시다드가 작곡을 해주겠다고 한 순간, 그 모든 것들이 다 괜찮아졌다.

"부우채지일사아아아!!!!"

벅찬 감동에 어질어질한 나를 보고 암브로시아가 소리쳤다.

의자에 채 앉기도 전에, 세피로 부채질사가 나한테 공기를 공급해주기 위해 거대한 공작새 깃털 부채를 흔들었다.

"정말 괜찮아요, 세피로 씨. 감사합니다. 암브로시아, 텔레비전 좀 꺼주세요."

암브로시아가 내 부탁을 들어준 후, 이삿짐 상자를 열었다. 취임식 직후 나는 대통령 업무를 집에서 할 수 있는지를 가장 먼저 물어봤다. 그런데 나의 보좌관들은 무척 난감해했고, 라모나는 경호 규칙에 어긋나는 일이라며 반대했다. 그리고 얼마나 많은 이유들이 더 있었는지 기억도 나지 않는다. 결국, 그들은 반나절 만에 집 전체를 대통령 관저로 옮겨 왔다.

나의 모든 삶이 상자에 담겨 있었다. 나는 내 방에 있던 물건들로 달걀방을 장식하는 것으로 두려움을 이겨내려 애썼다.

거대한 마호가니 테이블 위에는 아가타가 첫 로봇 수업에서 나한테 만들어준 양철 로봇 연필깎이, 하비가 색점토로 만든 마들렌, 트론코와 플로라 인형, 에스케헤스 FC 응원 수건, 마스터 파타타샤다가 선물한 작은 가네샤(인도 신화에서 인간의 몸에 코끼리의 머리를 가진 지혜와 행운의 신:옮긴이) 조각상을 놓았다.

"잘 어울리지 않아요?"

내가 묻자, 암브로시아가 동의의 뜻으로 한쪽 속눈썹을 슬쩍 움직였다.

"오스카, 멋진 것 같지 않아요?"

"뭐, 빈센트 반 자일리톨의 작품 〈자작나무 숲의 저녁〉이 에우포리아의 포스터로 바뀐 것이 아쉽긴 합니다만, 다른 것들은 멋지네요."

오스카 비서관이 미소를 짓더니 내 눈치를 보며 물었다.

"그럼 이제 내각을 구성하셔야 하는데, 괜찮으시겠습니까?"

"음… 그게, 네."

나는 테이블 앞에 앉으며 대답했다.

"근데… 내각이 뭐예요?"

오스카가 손가락으로 소리를 내자 모든 보좌관들이 줄줄이 방으로 들어왔다. 모데스토 간치요와 레오 가세타를 비롯해 재정 보좌관 후스타 데 라 렌타, 보건 보좌관 블랑카 바타, 교육 보좌관 에루디토 피사라… 그리고 마지막으로 엄마가 들어왔다.

모든 사람들이 달걀 모양으로 둘러앉자 나는 질문을 던졌다.

"그럼 이제 제가 뭘 하면 되죠?"

"이제 각 부처 장관들을 뽑으시면 됩니다, 대통령 각하."

오스카가 알려줬다.

"아하. 제가 원하는 사람이면 아무나 뽑을 수 있는 건가요?"

"네, 각하께서 선택하는 사람이 되는 겁니다."

오스카가 눈부신 미소를 날리며 다시 대답했다.

"대박! 그럼 '짱 맛있는 음식'부를 만들고 하비를 장관으로 임명할래요. 그리고 '별과 신기한 아이템'부에서 천체물리학, 유명 스타들, 반짝이는 것들을 담당하게 할게요. 장관은 아가타가 맡을 거예요. 음, 그리고 놀이공원부도 필요하고…."

내가 말하는 동안, 사람들의 얼굴은 각각 여러 가지 색으로 변했다. 멀미가 난 듯 초록색을 띠거나, 놀라 하얗게 질리거나, 화가 나 벌겋게 된 얼굴도 있었다. 오스카는 미소를 잃어버렸고, 암브로시아는 눈에 경련이 일었다. 지금 내가 뭔가 잘못하고 있다는 것을 깨닫게 해준 것은 엄마의 시선이었다. 엄마는 바닥에 쓰러지지 않도록 커튼을 꼭 붙들고 있었다.

첫날치고 너무 많은 것을 요구한 건지도 모르겠다.

"좋아요. 음, 그럼 경제부는 데 라 렌타 씨가, 교육부는 피사라 씨, 보건부는 바타 씨가 맡아주세요. 라모나는 국방외교부를 책임지면 좋을 것 같고 음, 그리고…."

안도의 한숨이 방 안에 가득 찼다. 모두들 훨씬 편안해 보였다.

아, 한 사람만 빼고.

"마르타, 자작나무들은? 자작나무들은 어떻게 되는 거야?"

엄마는 내 엄마라는 이유로 절차와는 상관없이 원할 때는 언제든 거침없이 끼어들었다.

"혹시나 잊어버렸을까 봐 말하는데, 헥토르 루피안은 더 이상 대통령이 아니지만 그 사람의 프로젝트는 계속되고 있어. 아르카노 숲이 계속 위협받고 있다고. 자작나무들 없이는….

"네. 나도 알아요, 엄마."

잊어버릴 리가 있나. 저 소리를 엄마는 천 번쯤 말했을 거다.

"지금 바쁜 거 안 보이시나요? 좋아요. 엄마를 환경부 장관으로 임명할게요. 그렇게 걱정되시면 지금 바로 해결….

맹세컨대, 엄마의 네 번째 차크라(심장 높이쯤에 있다)가 닫히고, 아우라가 슬픔의 빛깔인 파란색으로 바뀌는 게 보였다. 하지만 사과하려고 했을 땐 이미 엄마가 달걀방을 떠난 뒤였고, 나는 주재해야 할 다른 회의가 있었다.

뭐, 이 또한 다 지나가겠지. 그래도 혹시 몰라 마스터 파타타샤다를 장관으로 하는 '안정과 인내'부를 만들라고 지시했다. 엄마한테 필요할 것 같아서.

15

대통령으로서 첫 2주 동안 병원 6곳, 보육원 4곳을 열었고, 3,527명과 악수하고 사진을 위해 273만 6,543번의 포즈를 취했으며, 765명의 아기 머리에 입을 맞췄다. 나는 어느 곳에서나 지쳐 잠들 정도로 온 능력을 끌어 모았다.

특히나 내각 회의 때 잠드는 게 나의 주특기였다.

어떤 날에는 코를 너무 세게 골아서 환경부 장관(그러니까 우리 엄마)이 항상 테이블에 장식하는 꽃들(엄마는 식물이 뇌에 산소를 공급하고 좋은 생각을 하도록 도와준다고 철석같이 믿는 사람이다)의 꽃잎이 강력한 콧바람에 흔들려 떨어지기도 했다. 오스카가 나를 슬쩍 흔들면 그제야 당황해서 허둥지둥 일어나곤 했다.

내가 베툴리아의 대통령일지라도 엄마는 여전히 내 엄마이고, 동물성 식품은 허락하는 한이 있더라도 학교에는 반드시 보냈기 때문에, 나는 늘 너무나 피곤했다.

더 이상은 못 하겠어.

"내일도 자유시간이 없는 거예요? 휠, 일요일인데요?"

하지만 오스카는 단호하게 고개를 저었다. 우리는 함께 나의 스케줄을 검토하는 중이었다.

"하루 종일일 필요도 없어요. 하비랑 아가타랑 몇 시간만이라도 놀았으면…."

"각하, 대통령의 업무는 주말이 따로 없습니다. 일요일 오후에는 추분 때마다 하는 자작나무 가지치기 행사에 참석하기 위해 식물원에 가셔야 합니다."

"네, 네, 도망칠 방법이 없죠…."

나는 달걀방의 마호가니 테이블 위, 집에서 가져온 장식품들 사이로 무너져 내렸다. 그저 테이블에 잠시 머리를 기대려던 것뿐인데 그만 잠이 들고 말았다.

꿈속에서 펠릭스 시다드가 우리 집 거실에 나만을 위한 콘서트를 준비했다. 그런데 펠릭스 대신 마이크를 잡은 사람은 우리 학교 국어 선생님이었다. 자신이 맡은 과목에 심취해 있는 소네토 선생님은 말할 때도 항상 운을 맞춰 말했다.

대통령인 당신에겐 천 가지의 의무가 있다네.
당신이 원하는 것은 휴가라네.
그러나 스케줄에는 산더미처럼 쌓인 일이
당신을 기다리고 있다네.

잠에서 깼을 때 나는 달걀방이 아니라 영화관에 있었다.

"맙소사! 내가 어디에 있는 거지?"

"진정하십시오, 각하. 지금 계신 곳은 대통령 관저의 영화관입니다. 전 대통령이 특별히 힘든 날에 와서 쉬었던 곳이지요."

오스카의 부드러운 목소리가 나를 안정시켰다.

"집무실 테이블에 잠들어 계신 것을 보니 너무 안타까워 휴식을 드리기로 했습니다."

"내가 얼마나 잔 거예요?"

"열여섯 시간입니다, 각하. 벌써 일요일입니다."

"네에?! 그럼, 스케줄은 어떻게 되는 거예요? 식물원 가지치기 행사는요?"

"각하, 대통령이 되신 지 2주밖에 안 됐는데 벌써 많이 지치셨습니다. 앞으로 두 달 반이나 남아 있으니 힘을 보충하셔야지요. 그래서 중요하지 않은 행사 스케줄은 취소했습니다. 추분 가지치기 행사에는 어머님께서 기꺼이 각하를 대신해 참석해주셨습니다. 일요일 하루 자유시간을 가지시도록 말입니다."

"세상에, 고마워요."

나는 얼굴을 붉히며 대답했다. 나의 비서관은 잘생기기만 한 게 아니라 더할 나위 없이 좋은 사람이었다.

"그런데 이 긴 자유시간에 뭘 해야 할지 모르겠어요."

"걱정 마. 그 고민을 해결해주려고 우리가 왔으니까."

의자들 사이에서 팝콘 상자를 들고 내 절친들이 나타났다.

"〈흩어진 우주〉 시리즈를 몽땅 가져왔어. 한 번에 모두 다 볼 수 있을 거야."

오스카는 그 눈부신 미소를 띠며 나와 친구들을 남겨둔 채 물러갔다.

보통 때 같았으면, 우주 생성에 관한 시리즈를 다 본다는 건 고문같이 들렸을 것이다. 그런데 지금은 식은 죽 먹기 같았다.

"대통령 관저에 영화관이 있다는 걸 어떻게 지금껏 몰랐을 수가 있지?"

나는 정말 궁금했다. 진작 알았더라면 얼마나 좋았을까.

"그거야 네가 대통령의 의무 때문에 정신이 하나도 없었으니까." 넘치도록 가득 찬 팝콘 상자를 내밀며 하비가 말했다. "이 방에 팝콘 기계가 있긴 한데, 내가 손 좀 봤어. 아가타는 바닐라가 가미된 솔트 캐러멜, 난 와사비랑 한국 고춧가루, 생강 향이 약간 들어간 걸로 했지."

"너무 마이따." 아가타가 우물거리며 말했다.

너무나 즐거운 오후였다. 친구들과 함께 보내는 시간은 내게 꼭 필요한 것이었다. 우리는 다큐멘터리 두 편을 보고, 영화 스크린에 화면을 띄워 비디오 게임을 했다. 하비는 녹인 버터와 흑설탕을 섞어 만든 식용 풀을 사용해서 팝콘 폭탄 만드는 법을 가르쳐줬다.

시간이 쏜살같이 지나갔다. 아가타와 하비가 집에 가야 할 시간이 오자, 내 눈은 슬픔으로 반짝거리기 시작했다.

"어우, 야, 그러지 마. 내일 또 보잖아. 학교 수업도 있고, 오후엔 예산 점검을 위한 내각 회의도 있고…."

"그건 이거랑 다르잖아… 난 너희들하고 이렇게 재미있게 놀고 싶단 말이야. 대통령은 너무 복잡하고 힘들어."

"일을 조금 덜 수는 없어?"

하비가 마지막 팝콘 폭탄을 던지며 물었다.

"지금 대통령은 너잖아. 규칙을 정하는 건 너 아니야?"

암브로시아가 관저 정문까지 친구들을 데려다주기 위해 들어왔다.

나는 집무실 안 어둠 속에 혼자 남아 생각했다. 하비의 말이 맞는 거 아닌가?

지난 2주 동안 이곳저곳 다니느라 정신없이 바빴고, 한 가지도 내가 결정하지 못한 채 꼭두각시 인형처럼 끌려 다녔다.

대통령 업무를 100일간 해야 하는 것이 의무이긴 하지만, 그 시간이 반드시 지루한 지옥 생활이 되라는 법은 없지. 루피안 집안 사람들이 대를 이어 거머리처럼 이 자리를 쥐고 있었던 건 뭔가 좋은 게 있기 때문이다.

그게 뭔지 찾아내고야 말겠어.

16

실험에 대해서는 전혀 아는 것이 없는 나는 아가타한테 물어봤다. 아가타가 말하길, 결론에 도달하려면 반드시 거쳐야 하는 두 가지가 있다. 바로 관찰하기, 그리고 가설 세우기. 관찰은 이미 끝냈다. 대통령이 된다는 것은 지루한 일이며, 모든 사람이 나를 그냥 장식품처럼 여긴다. 가설 역시 내 머릿속에 거의 완성되어 있다. 내가 아무리 열세 살이래도 내가 진짜 대통령이라는 것을 보여준다면, 그리고 결코 장난이 아니란 걸 알려준다면 나를 진지하게 받아들일 것이다.

이런 이유로, 다음 내각 회의에서 렌타 경제부 장관이 예산 문제를 계속 늘어놓고 있을 때, 나는 그녀의 말을 끊었다.

"잠깐만요. 제가 한 가지 방안을 제안하고 싶은데요."

모든 참석자들이 내가 여기 있다는 사실을 이제야 알았다는 듯이 나를 쳐다봤다. 그럴 수밖에. 지금까지의 회의에서 나의 존재감이란 거의 없다시피 했으니까.

"네, 대통령 각하. 어떤 것인가요?"

"주말을 2일에서 5일로 늘리면 좋겠어요."

렌타 장관이 웃음을 터트렸다.

나는 화가 치밀어 올랐다. 그래서 주먹을 쥐고 테이블을 쿵 내려치자 그녀의 웃음은 딸꾹질로 변했다.

"대통령 각하, 그렇게 한다면 국가 경제에 큰 재앙이 될 것입니다. 생산성이 급격히 줄어들어…."

"글쎄요, 제가 보기엔 그렇지 않을 것 같은데요."

나는 바로 반박했다.

"자유시간이 늘어나면 국민들은 훨씬 더 행복해지고 체력도 더 많이 회복되겠죠. 그래서 일을 하거나 수업을 듣는 이틀 동안 효율이 훨씬 더 좋아질 거예요."

"그렇지만…."

"그렇지만은 없어요. 여기서 대통령이 누구죠? 저, 아닌가요? 그러니까 여러분 맘에 안 들어도 제 말을 들으셔야 할 거예요."

나의 제안은 그다음 주 의회에서 승인되었다. 사실, 대성공을 거두었다. 사람들은 즐겁게 의욕에 가득 차서 일했고, 국가 생산성은 줄어들기는커녕 기록적인 수치를 달성했다.

사람들은 전보다 일에 더 집중하고, 일하는 시간을 즐기게 되었다. 모두들 훨씬 행복해했다.

이 실험의 성공은 모든 것을 바꿔놓았다.

장관들은 나의 정책들을 들을 때 얼굴을 찡그리긴 했지만(바타 장관은 주사요법 금지를 반대했고, 피사라 장관은 학교 숙제가 반헌법적이라는 선언에 찬성하지 않았다) 더 이상 의심하지 않았다. 왜냐하면, 신기하게도 내가 주장하는 것들이 정신 나간 소리 같은데도 국민들에게는 매우 긍정적인 결과를 가져왔기 때문이다.

물론 만족하지 못하는 장관도 있었다. 그 사람은 당연히 엄마였다. 엄마의 모든 차크라는 막혀 있고, 아우라도 고장 난 신호등 같았다. 엄마는 대통령이란 내가 하고 싶은 것을 하는 자리가 아니라고 잔소리하며 하루를 보냈다. 잔소리가 너무 심할 때면 나는 마스터 파타타샤다와 함께 요가 센터를 만들라고 엄마를 내보냈다.

3주가 지나자, 루피안 집안 사람들이 왜 이 자리를 사랑했는지 드디어 알아냈다. 내가 원하는 것만 하는 동안 어려운 일은 대신 처리해주는 사람들이 있다는 게 너무나 맘에 들었다.

벌써 대통령 의무 임기가 70일밖에 남지 않았지만 이제야 조금은 알 것 같았다.

나는 최대한 이 기회를 즐기기로 했다. 그래서 뉴욕에서 열리는 UNA(산림국가연합) 회의에 참석하기로 마음먹었다. 뉴욕이라니! 나는 그곳에 너무너무 가보고 싶었다. 몇 년 전부터 인쇄잉크 원료 광산의 관리 문제로 맞서고 있는 로블레리아와 알코르노키아 간의 극에 달한 분쟁에 관해 토론하러 가는 것이지만, 내 머릿속엔 오직 뉴욕뿐이었다!

"이렇게 가시면 안 됩니다, 각하."

대통령 전용기 '하늘을 나는 자작나무'가 있는 격납고로 가는 길에 오스카가 나를 말렸다.

"그리고 하비, 아가타와 동행하시는 것도요. 각하께서 참석하실 회의는 세계 평화를 위해 정말 중요한 회의입니다. 그러니까 가시더라도 믿을 만한 장관과 함께 가시는 것이 좋을 것 같습니다. 이를테면 어머님이나…."

"그럼 가는 내내 안 좋은 표정으로 나를 쳐다보고 계실 테니 참 좋겠네요. 됐어요, 그만두세요."

나는 그의 의견을 가볍게 무시했다.

"이 여행은 무슨 일이 있어도 놓칠 수 없어요. 뉴욕이라고요, 오스카! 잠들지 않는 도시! 영화에 나오는 도시! 외계인들이 지구를 방문한다면 뉴욕에 착륙할 거예요. 난 어렸을 때부터 꼭 가보고 싶었어요. 우리 엄마는 의무 임기가 끝나면 내가 더 이상 대통령을 하도록 놔두지 않으실 거예요. 그러니까…."

"이건 즐기려고 가는 여행이 아닙니다." 오스카가 다시 주지시켰다. "분쟁이 있는 두 나라에 대해 찬성하거나 반대하거나 중재를 하셔야 하고, 그리고 만약 투표를…."

"네네, 다 알고 있다고요. 그래서 라모나 치타 국방외교부 장관님이 우리와 함께 갈 거예요."

나는 곰팡이처럼 나한테 딱 붙어 있는 라모나를 가리킨 후, 라모나와 경호원들이 사용하는 무선 이어폰과 똑같은 미니 버전이 꽂혀 있는 내 귀를 가리켰다.

"라모나가 아무 일 없도록 답변들을 알려줄 거예요."

오스카는 도무지 마음을 놓지 못하고, 각국 대표들을 만날 때 명심해야 할 것들(노갈리아 대통령에게 격 없이 말하지 말 것, 팔메로니아 대통령에게 헤어스타일에 대해 말하지 말 것, 밤부니아 대통령에게 예를 갖춘 인사를 잊지 말 것, 바오바비아 대통령 손에 입 맞추는 것을 잊지 말 것)을 여행 내내 끊임없이 상기시켰다. 나는 듣는 척하며 아가타, 하비와 함께 무자비한 벌목꾼들의 도끼질로부터 숲을 지켜야 하는 '미친 벌목꾼' 게임에 푹 빠져 있었다.

당연히, 뉴욕에 도착했을 때 오스카의 조언 따윈 생각도 나지 않았다. 노갈리아 대통령에겐 격 없이 말했고, 팔메로니아 대통령의 아프리카 풍 머리를 만졌고, 밤부니아 대통령을 만나자마자 포옹했다. 그리고 바오바비아 대통령이 손을 내밀었을 때는 그만 손등에 재채기를 해버리고 말았다.

모든 것이 엉망진창이었다. 그도 그럴 것이 UNA 본부 건물을 보는 순간 완전히 사로잡혀버렸기 때문이다. 단순한 건물이 아니라 우주왕복선 같았다. 회의장은 발사 직전의 조종실 같았다.

"와, 대박!"

하지만 이곳에 감탄하는 사람은 하비와 아가타와 나, 셋뿐이었다. 다른 어른들은 조금도 주변 풍경에 주의를 기울이지 않았다. 모두들 자리에 앉아 치열하게 토론을 벌이거나, 단상에 올라 지루해 미칠 만큼 기나긴 연설을 늘어놓았다. 나는 단 한 번도 이런 것을 본 적이 없었다.

"오스카, 회의가 얼마나 걸릴까요?"

"가끔 몇 주씩 걸릴 때도 있습니다." 오스카가 코를 찡그리며 대답했다. "비행기 안에서 다 설명드렸습니다만."

"뭐라고요? 다들 제정신이에요? 로블레리아와 알코르노키아가 서로 합의할 때까지 나가지도 못하고 여기서 몇 주를 보내야 한 다고요? 절대 그럴 수 없죠!"

오스카의 질겁한 눈초리와 하비와 아가타의 웃음을 뒤로하고, 라모나가 내 셔츠 자락을 낚아채기 전에, 나는 잽싸게 테이블을 뛰어넘어 회의장을 가로질러 단상에 올랐다. 그리고 엔시니아 대 통령에게 자리를 양보해달라고 요청한 뒤, 회의장이 조용해질 때 까지 기다렸다가 말을 꺼냈다.

"친애하는 여러분. 저는 마르타 차크라스, 베툴리아의 대통령입 니다."

회의장 여기저기서 웅성거렸지만, 나는 신경 쓰지 않고 연설을 이어나갔다.

"우리 청소년들은 화해하는 방법에 대해 아주 잘 압니다. 정말 로블레리아가 알코르노키아보다 국경 지역의 인쇄잉크 원료 광 산 개발에 더 많은 권리가 있는지 알아보기 위해 몇 시간씩이나 논쟁해야 할 필요가 있을까요? 날씨가 이렇게 좋은데요!"

이제 웅성거림은 동의의 소리로 변해갔다.

"로블레리아는 짝수 달에, 알코르노키아는 홀수 달에 잉크 원 료를 가져오는 것은 어떨까요? 그러면 사이좋은 이웃처럼 광산을 나눠 쓸 수 있잖아요! 사실, 요즘은 거의 인쇄를 하지 않잖아요. 디지털 세상이니까요! 그렇지 않나요?"

모든 대통령들이 단번에 수긍했다.

"그러니까 어서," 나는 로블레리아와 알코르노키아 대통령에게 손짓하며 말했다. "화해의 포옹을 나누시고 우리 모두 뉴욕 시내를 구경하러 가면 좋겠습니다."

로블레리아 대통령과 알코르노키아 대통령이 기겁하며 서로를 바라봤다. 하지만 모든 동료들이 박수와 성원을 보내는 것을 보자, 서로 포옹하고 화해하는 것 외에는 방법이 없었다.

이건 마땅히 축하해야 할 일이기에 나는 아가타한테 신호를 보냈다. 내 절친은 내가 앉아 있던 자리의 마이크에 핸드폰을 갖다 댔고, 곧 에우포리아의 노래가 회의장을 꽉 채웠다.

일을 어렵게 만들지 말아요.
허리를 움직여봐요. 음악이 모든 것을 치유해줄 거예요.

다른 나라 대통령들이 박수를 보내는 동안, 나는 음악의 리듬에 맞춰 춤추며 단상에서 내려왔다. 그리고 오른손은 로블레리아 대통령에게, 왼손은 알코르노키아 대통령에게 내밀고 즉석 무도회장으로 변해버린 회의장 중앙으로 이끌었다.

두 대통령은 내가 제정신이 아니라는 듯 쳐다봤지만, 조금씩 조금씩 에우포리아 노래의 리듬에 젖어들며 내 춤동작을 따라 하기 시작했다. 삽시간에 토론의 장은 축제로 변해버렸다. 모두들 춤을 추고 깡충깡충 뛰고 서로 껴안았다.

대통령들이 나를 향해 외치기 시작했다.

"베-툴-리아, 베-툴-리아."

오스카는 엉덩이를 씰룩거렸고, 라모나는 로봇처럼 박수를 쳤다. 아가타와 하비는 전문 무용수들처럼 공중으로 뛰어올랐다. 회의장 안에 온통 평화의 기운이 넘실거렸다.

대통령이 된 것이 그렇게 나쁘지만은 않다는 생각이 들었다.

이전에는 내가 신문에 실리는 것을 부끄러워했다는 게 믿어
지지 않는다. 왜냐하면 지금은 한껏 즐기고 있으니까.

매일 아침, 암브로시아가 풀레 푸딩푸딩('짱 맛있는 음식'부 장
관인 하비가 대통령 전담 요리사로 임명했다)이 준비한 아침을 차려
주는 동안, 나는 #베툴리아대통령, #마르타차크라스, #마르타차
크라스최고, 그리고 관련 해시태그들을 훑어봤다. 시간이 없어서
나에 관해 올라오는 새로운 소식들 중 10퍼센트도 보지 못했다.
로블레리아와 알코르노키아 간의 분쟁 해결이 대성공을 거두면
서, 전 세계의 텔레비전과 신문에 나에 관한 기사가 세 배쯤 많아
졌기 때문이다.

자작나무그램의 내 계정(혹시 나한테 팔로우를 하고 싶다면 @
presidenTeen)은 팔로워가 베툴리아 인구의 10배쯤 되는 2,700만
명으로 늘었다. UNA 본부에서 있었던 춤 영상은 나의 우상 펠릭
스 시다드까지도 에우포리아 공식 계정에 공유했을 정도다. 그뿐

만 아니라, '중재자로서의 타고난 재능과 갈등 해결 도구로서 대화와 음악 장려'의 공을 인정하여 나한테 노벨평화상을 준다는 소문도 들렸다.

이제는 열세 살의 대통령이란 사실도, 임기 동안 결정한 정책들도 전혀 이상해 보이지 않았다. 장관들과 보좌관들은 더더욱 나의 의견을 존중하게 되었다. 아니, 나의 의견뿐 아니라 베툴리아 아이들의 소리에도 귀를 기울이게 되었다.

그로부터 얼마 후, '별과 신기한 아이템'부 장관인 아가타가 몇 주 동안 자유시간을 쏟아 부어 만든 '이노바랩'(혁신을 뜻하는 Innovation과 실험실을 뜻하는 Laboratory의 합성어:옮긴이)이 개관했다. 아가타는 학생들이 과학과 친숙해질 수 있게 매주 전문적인 실험에 참여하도록 교육부 장관을 설득했다. 나 역시 대통령으로서가 아니라 학생으로 연구소에 갔다.(아무리 대통령이라 해도 수업을 빠지며 중학교 졸업장을 바란다는 것은 지나친 일이니까.)

이 정책은 대성공을 거두었다. 학생들은 과학자들의 실험을 보며 열광했고, 과학 대학의 등록률이 237퍼센트나 증가했으며, 특허 등록이 폭발적으로 늘어났다. 베툴리아는 세계에서 가장 혁신적인 국가가 되었다. 이렇게 간다면 이 마르타 차크라스가 세계 역사상 가장 인기 있는 여성 대통령으로 남을지도….

하지만 루피안 주니어의 컹컹거리는 비웃음소리가 달콤한 환상을 깨버렸다. 이노바랩 연구원 중 한 명이 실험 장치들을 설명해 주고 있을 때였다.

"꼬맹이 차크라스. 크크."

고백하건대, 나는 아빠와 아들 루피안을 베툴리아에서 추방할 수 있는(아니면, 최소한 아들 루피안만이라도 학교에서 쫓아낼 수 있는) 합법적인 방법을 연구했지만 별 뾰족한 수가 없었다. 100일 동안 나를 대통령이 되게 만든 1848년의 선거법은 전임 대통령을 '명예 고문'으로 옆에 두도록 규정하고 있다. 대통령 의무 재임기간에는 말이다. 그래서 아들 루피안한테서 멀리 떨어지지도 못하고, '나한테 조언해줘야 할 경우'를 대비해 모든 의회와 중요 행사에 빠지지 않는 짝 잃은 두꺼비 같은 아빠 루피안의 얼굴과 마주쳐야만 한다.

내가 이 나라의 대통령이라 할지라도 바꿀 수 없는 것들이 있다. 그렇지만 이제 나는 모욕에 주눅 들던 이전의 마르타 차크라스가 아니다. 그래서 나의 모든 악한 기운을 끌어 모아 그 돼지 같은 웃음소리에 맞섰다.

"왜 그러는데?"

"넌 참 불쌍한 대통령이야."

못된 루피안이 대답하자마자 나는 바로 쏘아붙였다.

"당연하지. 너네 아빠가 굉장한 대통령이었으니까."

사건, 사고를 좋아하는 아빠 루피안은 모든 공식 행사에 빠지지 않고 참석했다. 나는 그가 환영받지 못한다는 것을 똑똑히 보여줬지만, 그는 못 들은 척 나를 외면하며 아들한테 나를 상대하도록 떠넘겼다.

"너네 아빠가 국제 분쟁을 몇 건이나 해결했는지 나한테 알려줄래?" 나는 엄지와 검지로 원을 만들며 말했다. "빠앙 건."

"UNA에서의 일은 그냥 우연이었던 거 너도 알잖아." 루피안이 격하게 반박했다. "우리 아빠가 너보다 훨씬 좋은 대통령이었어. 우리 아빠라면 절대 이런 쓸데없는 공장에 너같이 돈을 낭비하진 않았을 거야."

"이건 쓸데없는 공장이 아니야." 아가타가 대화에 끼어들었다. "혁신적이고 유용한 발명을 하는 곳이지."

"아, 그래? 대체 어떤 거?"

"예를 들면, 혀 보호기." 세 명의 연구원이 뭔가… 숟가락처럼 보이는 것에 몰두해 있는 테이블로 다가가며 아가타가 말했다. "바로 식기 세트의 최신작! 선풍기가 달린 숟가락이야. 수프를 불지 않고 먹어도 혀를 데지 않게 해주지."

루피안이 얼마나 심하게 컹컹거리며 웃던지 숨이 넘어가는 줄 알았다. 사실 아가타가 적절한 발명품을 선택한 것으로 보이진 않았다. 그런 내 생각을 읽었는지, 아가타가 가운 안에 입은 핑크색의 반짝이는 샤스커트를 잡더니 옆 테이블로 뛰어갔다.

"이 발명품은 베툴리아 곤충들의 삶에 혁명을 일으킬 거야." 아가타가 작은 우산 모양의 미니어처를 들어 올리며 선언했다. "이제 무당벌레들과 달팽이들은 비를 걱정할 필요가 없어!"

루피안이 웃느라 숨이 넘어갈락 말락 하는 사이, 나는 창피해 죽을 것만 같았다.

"대단하지 않아? 좋아. 그럼 프리즘 경호원도 있어."

아가타가 이번에는 화려한 모양의 발명품을 보여주며 설명했다. 그 발명품의 렌즈는 앞쪽을 향해 있는 대신, 일종의 'L'자를 그리며, 머리를 사용자의 위쪽으로 들었다가 뒤쪽으로 돌리며 등 뒤에 있는 물체를 잡아냈다.

"경찰청이나 국정원 같은 곳에 굉장히 유용할 거야."

웃는 사람은 루피안만이 아니었다. 아빠 루피안은 물론이고 연구소를 방문한 학생들, 교사들과 심지어 이노바랩에서 일하는 기술자들도 간신히 웃음을 참고 있었다.

"아가타, 제발 뭔가 쓸모 있는 걸 보여줘."

내가 이를 악물고 간청하자, 아가타가 난색을 표했다.

"그게 말이야, 정말 중요한 발명들은 일급비밀이라서."

"상관없어! 그냥 보여주라고."

어떤 루피안이든 나를 비웃게 놔둘 수는 없었다.

아가타가 뒤쪽에 쳐진 커튼을 걷자, 연구가 한창인 환상적인 발명품들이 드러났다.

"이건 구명 팔찌입니다. 물의 압력이 높아지면 팔찌에 장착된 에어백이 작동하게 되죠. 그러니까, 물에 빠졌을 때 말이에요."

우리가 집중하지 않는 것을 눈치챈 아가타가 이번에는 집 모형을 덮고 있는 투명 반구체를 가리켰다.

"이 폭탄 방어 돔은 분쟁 지역의 집들을 보호할 수 있습니다. 또 지금 연구하고 있는 새로운 연료가 있는데요. 우린 오염시키지 않는 새로운 에너지원의 발견을 기대하고 있습니다. 왜냐하면 배설물에서 추출하기 때문에…."

"꼬맹이 차크라스는 소똥에다 여러분의 세금을 낭비하고 있는 거예요!"

루피안이 비웃었다. 아가타가 나중에 보여준 발명품이 모두를, 우리와 동행한 어른들도 놀라게 만들었다는 사실은 무시한 채 말이다.

루피안이 나를 향해 돌아서더니 사악한 웃음을 지으며 나를 가리켰다.

"사람들은 넌 다를 거라고 생각해서 뽑았겠지만, 너도 다른 정치인들하고 똑같아."

"절대 그렇지 않아!" 나는 화가 나서 반박했다. "난 과학 발전을 위해 힘쓰고 있는 중이야. 너네 아빠나 조상들과는 달라!"

"너도 다른 사람들하고 전혀 다를 게 없어. 발명품에 미친 또라이랑 요리에 정신 팔린 애송이를 장관으로 만들었잖아."

루피안이 선을 넘어버렸다. 이대로 가만있을 수는 없지.

"내 친구들은 건들지 마! 라모나!"

내가 소리치자 나의 경호 책임자가 즉각 루피안을 향해 대응 자세를 취했다.

그때 엄마의 목소리가 우리 사이의 긴장감을 깨뜨렸다.

"마르타, 네가 무슨 짓을 하고 있는지 아니? 그 애한테 빌미를 주지 마. 루피안과 똑같은 사람이 되면 안 돼."

엄마의 두 눈에 눈물이 그렁그렁했다.

나는 깊은 숨을 쉰 후 라모나한테 멈추라는 신호를 보내며 침을 꿀꺽 삼켰다. 그리고 아가타한테 방문객들의 인솔을 계속 하도록 했다.

나를 내내 조심스럽게 대하던(아마 내가 현직 대통령이라서 그런 것 같다) 아빠 루피안이 더 이상 참지 못하고 엄마를 향해 화를 쏟아냈다.

"넌 하나도 안 변했구나, 나무 껴안기 대장. 넌 항상 평화와 조화를 강조하지만 이 꼬마 대통령이 네 말을 많이 듣지만 않는다면 잘해낼 수 있을걸?"

그러고는 나를 흘끔거리며 말을 이었다.

"대통령은 흔들려서는 안 되고, 자신의 판단을 믿어야 하지. 그리고 때로는 평화를 깨뜨리더라도 엄격함을 보여야 할 때도 있는 법이야."

루피안 주니어가 나를 꺾었다는 자부심에 멧돼지처럼 웃기 시작했다. 라모나가 응징하는 것을 그만두게 했다는 이유로 자기 아빠가 나한테 화를 낸 건데 저렇게 좋아하다니… 역시 바보가 틀림없다.

나는 눈을 가느다랗게 뜬 채 무슨 꿍꿍이인지 알아내려 애쓰며 아빠 루피안을 바라봤다. 결국 알아내지는 못했지만 한 가지는 분명했다. 전직 대통령과 그 멍청한 아들은 나 역시 지금까지의 베툴리아 지도자들(그러니까 루피안 가문 사람들. 세상에, 누구랑 비교질이야!)과 똑같다고 확신한다는 것이다. 나 역시 그들처럼 나라를 통치하게 되리라는 것이다.

나는 루피안 부자가 엄청 착각하고 있다는 것을 확실히 보여주기로 결심했다.

18

"**아**니, 이건 또 뭐야?"

루피안 주니어의 목소리가 들렸다.

루피안이 과학실 책상 위에 있는 나무 도구를 손가락으로 콕콕 찔러보고 있다는 것을 굳이 보지 않고도 알 수 있었다. 어쩌면 그걸 밀대가 아니라 '여자 같은 남자'로 변하게 만드는 독을 가진 코브라로 생각했을지도 모르겠다.

"모듀 호늘 수협에 필효항 도규들히랍니다." 풀레 푸딩푸딩이 말했다. "자, 히제 하비 장관히 나눠주는 합치마를 하세효."

"이 요리사는 대체 여기서 뭐 하는 거야?" 루피안이 투덜거렸다. 그러고는 하비가 준 작은 별들로 장식된 앞치마를 끔찍하다는 듯이 바라봤다. "이 이상한 건 또 어디서 난 거고?"

"내가 디자인했어." 아가타가 자랑스레 대답했다. "불에 타지도, 물에 젖지도 않는 최신 앞치마야. 얼룩도 남지 않고 찢어지지도 않고 눌어붙지도 않지."

아가타가 가슴께에 있는 별들 중 하나를 누르자 에우포리아의 가장 로맨틱한 노래인 〈묘미를 더한 사랑〉이 흘러나왔다.

"그리고 노래도 나와."

"좋아. 오늘 자연과학 수업이 없고 여자들이 하는 걸 배워야 하는 거라면 난 수업에서 빠지겠어."

루피안이 교실 문 쪽을 향하며 선언했다.

"루피한 군, 히게 과학 수협히랍니다." 풀레 푸딩푸딩이 루피안을 막았다. "효리는 힌간희 헤너지 소비를 휘한 형향흘 다루는 과학힙니다. 특히나 즐거훔을 휘해서효."

"네, 다 좋은데요. 전 남자라고요. 아시죠? 제가 요리를 배워야 할 이유가 없죠." 루피안이 그렇게 말하고는 하비를 툭 치며 덧붙였다. "요리는 여자들이나 얘처럼 계집애 같은 남자애들 일이라고요."

"내가 루피한 군히라면 셰프들흘 모독하는 짓흔 조심할 거혜효. 특히 내가 대통령께서 공고한 내힐 있흘 대회 심사휘훤히라는 걸 생각한다면효."

풀레 푸딩푸딩이 루피안한테 엄한 경고를 날렸다.

"무슨 대회요? 뭐가 어떻게 되고 있는 거야!"

"내가 새로운 국가 축제일을 만들었거든. '오늘은 남자들이 요리하는 날'이라고 하지."

나는 자랑스럽게 말하고는 루피안이 끼어들기 전에 덧붙였다.

"내일은 베툴리아의 10세 이상 여성들은 요리 금지야. 대신 10

세 이상의 모든 남성들은 '짱 맛있는 요리'부 장관과 대통령 전담 요리사의 미각을 만족시킬 수 있는 수플레(거품을 낸 달걀흰자에 치즈와 감자 따위를 섞어 틀에 넣고 오븐에서 구워낸 요리:옮긴이)를 한 가지씩 의무적으로 준비해야 해."

옆에서 하비와 풀레 푸딩푸딩이 고개를 끄덕거렸다.

"참여 안 하면 어쩔 건데?" 루피안이 도전적으로 물었다.

125

"이 대회에 참여하지 않는 남성은 5천 자작달러의 벌금을 내고, 사회봉사로 2주간 하수구 청소를 해야 해."

나는 팔짱을 끼며 단호하게 말을 이어갔다.

"우린 요리가 결코 '여성만의 일'이 아니라 어느 누구나 배우면 할 수 있다는 걸 보여줄 거야. 그러니까 너도 해야 해. 바보같이 보이지 않으려면 말이야."

루피안의 얼굴에 놀란 기색이 퍼지며, 컹컹거리는 웃음소리가 목구멍에 걸려버렸다. 루피안은 자기가 가지고 있는 모든 증오를 끌어 모아 나를 노려봤다.

침묵 속에서 몇 초가 흐른 후, 루피안이 앞치마를 두르고 밀대를 집어 들었다. 그리고 층층의 과자 가루 위에 졸인 아가베 시럽을 뿌린 패션프루트 수플레(풀레 푸딩푸딩의 대표적인 창작 요리 중 하나다)를 만들기 위한 지시를 따르기 시작했다.

물론, 새 국가 축제일은 많은 논쟁거리를 만들었다. 그렇지만 다행스럽게도 베툴리아가 51퍼센트의 여성과 49퍼센트의 남성으로 구성되어 있다는 것을 세라핀 통계 보좌관이 확인해줬다. 베툴리아의 모든 여성들이 찬성하리라는 것은 확실해 보였다.

또, '지주모'(완전 지쳐버린 주부들의 모임) 집행부의 협조도 있었다. 그들은 드디어 베툴리아의 남성과 여성 사이에서 집안일이 얼마나 불공평하게 나눠져 있었는가를 알아준 데 감사하며, 이 정책을 지지하기 위한 집회를 소집했다.

남자들은 당연히 엄청난 불만을 쏟아냈지만, 벌금과 사회봉사의 압박이 그들을 움직이게 만들었다. 심지어 아빠 루피안마저도 완벽한 수플레가 나올 때까지 연습하는 모습이 파파라치들에 의해 포착되었다.

'오늘은 남자들이 요리하는 날'은 (남성들의) 긴장감과 (여성들의) 평온함이 넘쳐흘렀다. 그런데 사실, 풀레 푸딩푸딩과 하비가 너무 관대해서 설사만 일으키지 않을 정도면 합격점을 줬다. 그리고 이 정책은 예상치 못한 결과를 불러일으켰다. 이 일을 계기로 자기가 요리를 좋아한다는 것을 발견한 남자들의 요리학교와 제과제빵학원 등록이 폭발적으로 증가한 것이다.

그날 저녁, 정치평론가들과 기자들은 이 정책이 사회 발전에 이바지했다는 것에 동의했다.

나의 달력(당연히 에우포리아 달력)에 적힌 다음 정책은 남성과 여성이 공정한 방법으로 나머지 집안일을 나누는 것을 의무화하는 것이었다. 왠지 이것도 승인을 얻는 게 그리 힘들지 않을 것 같은 느낌이 들었다. 왜냐하면, 지금 베틀리아 국민들은 새 대통령을 좋아하기 때문이다.

아, 한 사람은 빼고.

'오늘은 남자들이 요리하는 날' 행사에서 유일하게 통과하지 못한 사람이 바로 루피안 주니어였다.

풀레 푸딩푸딩이 루피안의 수플레를 역겹다고 판정하자(풀레 푸딩푸딩은 입에 대보지도 않고 이렇게 선언했다), 루피안은 떼를 쓰며 항의했다.

"서로 짠 거야. 짰어!"

루피안 말이 맞다. 루피안의 수플레는 최악도 아니었고, 마지막 순간에 마음이 약해진 하비가 모든 국민들 앞에서(이 행사는 모든 국영 방송 채널에서 생방송되었다) 망신을 줄 필요는 없다고 말했지만, 내가 우겼다.

저금통에서 5천 자작달러가 사라지고 2주간 하수구 청소를 하게 된다면, 이 사악한 루피안은 우리 엄마와 나 혹은 내 친구들의 일에 더 이상 끼어들고 싶지 않을 것이다. 나는 베툴리아에서 누가 명령하는 사람인지 루피안이 확실히 알기를 바랐고, 그것을 위해 내가 가진 모든 것을 이용할 준비가 되어 있었다.

물론 약간의 속임수가 필요했지만 말이다.

대통령 관저의 다락방에 있는, 루피안 가문의 전직 대통령
들(고조할아버지 헥토르 루피안, 증조할아버지 헥토르 루피
안, 할아버지 헥토르 루피안, 그리고 아빠 헥토르 루피안)의 초상화
에는 먼지가 쌓여갔다. 심지어 회장 선거의 승리를 확신해서 화
가 셀레스테 카바예테에게 맡긴 헥토르 루피안 주니어의 작은 초
상화도 있었는데, 그 애는 가슴에 벌써부터 회장 띠를 두르고 있
었다. 초상화를 세다 보니, 루피안 가문이 정권을 잡았던 기간이
150년 이상이란 계산이 나왔다.

그 시간 동안 베툴리아는 너무 천천히 변화했다. 그래서 베툴리
아의 변화를 위해 국민들이 나를 대통령으로 뽑은 것이다.

여러분은 분명 내가 권력에 취했다고 생각하겠지?

분명한 건, 내가 아니라 모든 사람들이 하는 말이라는 것이다.

"오스카, 〈자작나무 숲의 소리〉에 실린 기사를 다시 한 번 읽어
주실래요?"

나는 칵테일을 제조 중인 나의 비서관한테 부탁했다.

"물론이죠, 대통령 각하."

오스카가 초콜릿 셰이크를 완성한 뒤 길쭉한 잔에 붓고 빨대와 비치파라솔로 장식했다. 오스카도 요리를 향한 열정을 발견한 베툴리아의 많은 남자들 중 한 명이었다.

"펠릭스 시다드가 보내온 베툴리아 새 국가의 가사를 지금 읽어드릴까요? 아니면 나중에 읽어드릴까요?"

"으음… 어려운 결정이네요."

나는 초콜릿 셰이크를 한 모금 홀짝거렸다. 세상에, 환상적인 맛이었다.

"기사를 다시 읽어주시는 동안 가사를 살펴볼게요."

오스카가 고개를 끄덕이고 에우포리아의 노래 악보를 가져다준 뒤, 얼굴을 다 가릴 정도로 큰 신문을 펼쳐 들고는 목소리를 가다듬었다.

60일의 재임기간 동안 마르타 차크라스는 국가를 운영하기에는 너무 어리다고 생각했던 사람들에게 의심을 산 정책들의 추진으로 베툴리아 국민들을 놀라게 만들었다.

대통령의 의무 재임기간이 막바지를 향해 가는 지금, 베툴리아의 여론 조사 기관인 자작미터의 조사에 따르면 차크라스 대통령의 인기는 10점 만점에 9.8을 기록했다.

우리의 어린 대통령은 아이들의 삶의 질을 높이기 위한 법률의 도입에 집중했다. PASA의 보고서에 따르면, 수업 일수를 5일에서 2일로 축소하고 숙제를 금지한 것과 같은 정책 덕분에 베툴리아 학생들의 중간 학업성취점수가 역대 가장 높은 것으로 나타났다. 교직자 99.9퍼센트가 대통령의 결정을 지지하고 있으며, 학생들이 훨씬 더 동기부여가 된 상태로 학교에 온다고 확언했다.

"나머지 0.1퍼센트는 우모스 선생님이 확실해요. 내가 교무실에 자쿠지(물에서 기포가 생기게 만든 욕조:옮긴이)를 설치하는 걸 반대한 이후로는 무조건 나한테 반기를 드시거든요."

또한 대통령은 200만 자작달러를 만화와 비디오 게임에 특화된 도서관 건립에 투입했으며, 베툴리아 영화 상영관의 50퍼센트에서 모든 연령대의 관람이 가능한 영화를 상영하게 하는 법을 발령했다. 차크라스 대통령 덕분에 베툴리아 사회에서 아이들의 의견은 더욱더 중요해졌다. 어떤 결정을 내려야 할 때(가족들이 장을 볼 때 아침으로 먹을 시리얼 선택에서부터 기업의 임원 구성에 이르기까지) 최소 아이 한 명 이상의 의견을 고려하는 것을 법으로 의무화했다.

뿐만 아니라, 베툴리아의 반려동물들 역시 정부의 변화에 행복해하고 있다. 마르타 차크라스는 세계 최초로 동물들의 권리 선언을 승인한 대통령으로, 실질적으로 인권과 대등한 권리를 인정했다.

이 정책에 관해서는 소수지만 즉시 비판의 목소리가 나오고 있다. "이건 정말 부끄러운 일입니다." 전 대통령 헥토르 루피안이 지적했다.

오스카는 이 대목에서 나의 정치 라이벌인 그의 목소리를 흉내 내며 읽었다.

"동네의 고양이들이 권리 선언에 기세등등해 마치 조직폭력배들처럼 휘젓고 다니고 있습니다. 지난 목요일에는 죽은 쥐인 줄 알고 제 가발을 훔쳐 갔지 뭡니까! 더 말할 필요도 없습니다!"

전 대통령은 그 가발이 자신이 사용하는 것이 아니라 그저 가족의 추억이 담긴 굉장히 소중한 물건일 뿐이라는 사실을 분명히 했다. 차크라스 대통령이 결정한 정책들에 대한 루피안 시니어의 반대는 부록으로 자세히 다룰 예정이다.

또한, 아가타 프로베타 장관이 장려한 발명 특허의 판매는 국가의 두 번째 수입원이 되었다. 하비 에스토파도 장관이 신장시킨 조리된 후식의 수출은 국가의 가장 큰 수입원으로, 전통적으로 베툴리아 부의 대부분이었던 자일리톨 생산의 자리를 넘보고 있다.

이는 전 대통령 헥토르 루피안 시니어의 비난을 더욱더 부추기고 있다. 자작나무에서 추출하는 자일리톨 공장의 거의 대부분을 소유한 그는 차크라스 대통령에게 "우리나라의 정수를 존중하지 않는다", "베툴리아의 전통을 무시하는 사람"이라며 비난을 쏟아내고 있다.

"뿐만 아니라, 내 아들에게 부당하게 2주간의 사회봉사를 명령했습니다. 루피안 가문의 어느 누구도 일생 동안 변기조차 청소해본 적이 없는데 말입니다! 이 애송이 대통령은 자신이 똑똑하다고 믿고 있지만 이 나라를 파멸로 이끌 것입니다. 이는 시간문제일 뿐이지요. 저는 전직 대통령으로서, 또한 명예 고문으로서 대통령이 이 나라를 잘 이끌 수 있도록 도울 준비가 되어 있습니다. 현 대통령이 그래도 최소한 아르카노 골프 프로젝트를 중단시키지 않을 만큼의 분별력은 가졌다는 것이 얼마나 다행인지 모릅니다. 대통령의 정책들이 스스로의 무게를 못 이기고 무너질 때, 이 프로젝트야말로 진정 이 나라에 부와 발전을 가져다줄 것입니다."

"마르타, 아직도 아르카노 골프 프로젝트를 중단시키지 않은거야?"

엄마 목소리가 끼어들자 오스카가 떨리는 목소리로 신문을 접으며 읽기를 중단했다. 암브로시아 집사가 내 간식이 담긴 은쟁반을 들고 오며, 모르는 척 끼어들어 엄마를 막아보려 했다. 하지만 대통령 전속 요가 마스터의 임무를 맡은 파타타샤다를 곁에둔 이후 노루처럼 민첩해진 엄마는 암브로시아를 가볍게 피하며내 앞에 버티고 섰다.

암브로시아는 어쩔 수 없다는 듯 어깨를 으쓱거렸고, 오스카는살며시 집무실에서 나갔다. 엄마 마르타 차크라스와 나만 방에남았다.

"엄마, 그게, 시간이 없었어요. 너무 정신이 없었어요. 학교도가야 하고, 모든 회의에도 참석해야 하고, 그래서…."

"지금은 뭘 하고 있는데?"

엄마가 내 손에 들린 악보를 보며 물었다.

"이거요? 그러니까… 이건 국가를 위해 가장 중요한 일이에요."

물론 거짓말이었다.

"베툴리아 국민들의 삶에 큰 변화를 일으킬 만한 제안…."

나의 거짓말에 엄마의 차크라가 하나씩 하나씩 닫히는 소리가 들리는 듯했다.

"마르타! 아직 여기서 뭐 하고 있는 거야?"

문 앞에서 아가타가 나를 불렀다. 은색 운동복을 입고 불빛이 반짝이는 왕관을 쓴 아가타는 외계 공주님처럼 보였다.

"자유형 번지점프 선수권 대회에 늦겠어. 네가 개인적으로 심판을 봐주기로 했잖아."

"어머, 맞다!"

나는 악보를 둥글게 말아 가방에 넣었다.

"엄마, 제가 얼마나 정신없이 바쁜지 보이죠? 저 지금 가야 해요! 돌아오는 대로 프로젝트 건을 해결할게요. 약속해요!"

나는 엄마 뺨에 뽀뽀하고 이미 대통령 전용 리무진에서 하비, 라모나와 함께 나를 기다리고 있는 아가타와 합류하기 위해 쏜살같이 달려 나갔다. 너무 늦어서 서둘러야 했다. 그렇지만 그래서 뒤를 돌아보지 않았던 건 아니다.

엄마의 눈빛에 떠오른 실망감을 보지 않기 위해서였다.

맞다. 여러분이 짐작한 대로다. 자유형 번지점프 선수권 대회에서 돌아온 나는 아르카노 골프 프로젝트 건을 해결해야 한다는 것을 잊어버리고 말았다. 맹세컨대 일부러 그런 건 아니다. 대통령은 단순히 여행을 하고 행사에 참석하고 사진이나 찍는다고 생각할 수도 있겠지만, 아니다. 그것 말고도 내가 전혀 알지 못하는 주제들에 대해 지루하기 짝이 없는 보고서들도 연구해야 한다. 보통 보좌관들이 하나하나 설명을 해줘야 한다.

이건 마치 하루에 학교를 두 번 가는 것 같다. 더구나 시험에 떨어져서는 안 된다는 것을 알면서 말이다. 왜냐하면…

왜냐하면, 이 나라 전체가 나한테 달려 있기 때문이다. 가장 좋은 방법은 경제와 외교를 공부하기 위해 휴가를 갖는 거라고 아무리 설득해봤자, 엄마는 학교 수업에 절대 빠지면 안 된다고 고집했다.

결국, 보고서들 외에 학교 공부도 해야만 했다.

다행히, 선생님들은 시험에 참석해 몇 개의 질문에 답하기만 하면 통과시켜줬다. 아마 선생님들의 월급 인상안에 사인을 얻어내기 위한 전략인 듯싶다.

당연히 엄마는 이 사실을 까맣게 몰랐다. 만약 알았다면 손으로 머리를 감싸 쥐며, 비열한 루피안처럼 무책임하게 권력을 사용하지 말라고 꾸짖었을 것이다. 그렇지만 내가 어떻게 모든 것을 다 할 수 있겠어. 그건 불가능하다고! 난 대통령이니까 적어도 학업에 작은 도움 정도는 받을 자격이 있다고 생각했다.

기록적으로 짧은 시간 동안 나는 베툴리아 사회를 변화시키는 데 성공했다. 모든 여론조사에서 아이스크림 가격을 내린 이후 베툴리아의 모든 국민이 이전보다 행복해하며, 남성과 여성이 집안일을 나누어 하는 것을 의무화한 이후로 더욱 공정한 사회가 되었고, 비디오 게임이 올림픽 출전 종목이 된 이후로는 삶이 더 재미있어졌다는 결과가 나왔다.

베툴리아 국민들이 더 나은 삶을 살도록 하기 위해 나한테 주어진 일은 산더미였고 약간의 불평은 덤이었다. 특히 전혀 지지를 기대할 수 없는 2퍼센트의 인구(아빠 루피안과 아들 루피안 포함)는 차크라스 반대 캠페인에 열을 올리고 있었다.

항상 그렇듯, 은밀하고 조용하게 했지만, 나는 바보가 아니다. 모든 방해 공작들이 그들이 한 짓이라는 걸 잘 안다. 예를 들어, 아픈 어린이들한테 트론코와 플로라 인형과 캐러멜 꾸러미를 선물하기 위해 베툴리아 소아병원에 갔던 날도 그랬다. 환자들이 캐러멜 꾸러미를 열자 그 안에는 내가 학생회장 선거에 사용했던 당나귀 같은 얼굴이 찍힌 포스터가 들어 있었다. 그런데 우리나라에서 제일 큰 자일리톨 캐러멜 공장을 가진 사람은 바로 아빠 루피안이다. 이런, 이런.

나는 도가 지나친 장난쯤으로 여기고 그냥 넘어가기로 했다. 하지만 다음 날, 온 나라의 벽에 그 사진이 붙었다. 사진 밑에는 다음과 같은 글이 쓰여 있었다.

대통령은 영리한 사람이겠지. 그렇지만 눈이 썩지.

나는 나라의 모든 환경미화원들에게 즉시 포스터를 떼라고 지

시했다. 그런데 MB 코퍼레이션이라 불리는 정체불명의 회사가 고용한 사람들이 그 사진을 사용한 인쇄물을 온 학교의 교문 앞에서 나눠주기 시작했다.

평소 같으면 내가 가장 신뢰하는 보좌관들과 어떻게 해야 할지 의논했을 것이다. 하지만 마침 아가타는 사우세요론 대학에서 열리는 과학 유망주 캠프에 갔고, 하비는 풀레 푸딩푸딩이 연 테마파크 '셰프랜드'에 가기 위해 며칠간 휴가를 냈다. 그리고 오스카는 아프신 할머니를 돌봐드리기 위해 자작산맥으로 떠나야 했다. 오직 나 혼자 결정을 내려야 할 때가 온 것이다.

어떤 대책을 세워야 할지 고민하고 있을 때, 달걀방 문이 열리며 짙은 향 구름이 밀려들어왔다.

"암브로시아, 제발 엄마한테 난 바쁘다고 좀 전해주세요."

"여사님, 각하께서 너무 바쁘셔서 지금은 만날 수 없으시답니다." 길을 막으며 암브로시아가 전했다.

"그게, 그렇지 않아 보이는데요."

당연히, 쉽게 물러설 엄마가 아니었다.

모데스토 간치요 이미지 보좌관과 대통령 전속 헤어디자이너 에바리스토 메차가 나의 새로운 헤어스타일을 점검하는 사이, 나는 미소를 띠며 의자에 앉아 있었다.

"엄마, 저 바쁜 거 안 보여요?"

"대통령 각하, 제발, 말씀하셔도 안 되고 움직이셔도 안 됩니다."

카메론 플래시가 영어로 나한테 말했다. 그녀는 뉴욕 출신의 유명한 사진작가로 이번 작업을 위해 고용했다.

엄마가 재빨리 암브로시아를 밀쳐내더니 카메론 플래시의 카메라 앞을 막고 섰다.

"이게 다 뭔지 설명해줄 수 있겠니?"

팔짱을 낀 채 떡 버티고 서서 엄마가 물었다.

"자작달러에 넣을 내 사진을 최고로 잘 나올 수 있게 촬영하는 중이에요."

"이번 포스터 사건 때문에 그러는 거니?"

"당연하죠. 루피안 부자가 나한테 굴욕을 줄 수 있다고 생각한다면 실수하고 있는 거예요. 그들에겐 오직 돈만 중요하다고 엄마가 그러셨잖아요? 이제부터는 좋아할 수 없게 될 거예요! 대통령이나 그 친구들을 건드리면 누구든지 5년하고도 15분의 감옥형을 받게 된다는 걸 아는 순간, 인두염 걸린 기린 얼굴로 변하는 걸 엄마도 보게 될 거예요."

"대체 뭘 한다고?"

엄마가 화가 나 소리 지르더니 팔을 휘두르며 보좌관들과 사진작가를 몰아내기 시작했다.

"다 나가세요! 모두 다! 딸하고 둘이서만 얘기해야겠어요."

결국 무엇에도 놀라지 않는 암브로시아마저 어쩔 수 없이 달걀방을 빠져나갔다.

"엄마, 대체 왜 이러시는 거예요? 아직 오늘 두 번째 요가 수업은 안 하셨어요?"

"마르타, 너! 네가 문제야! 넌 네가 무슨 일을 벌이고 있는지 안보이니? 네 일에 참견한다는 이유로 사람들을 감옥에 보낼 순 없어. 베툴리아는 민주국가지 독재국가가 아니야! 네가 그렇게 한다면 루피안 가문 사람들보다 최악이 되는 거야!"

"아…" 나는 눈길을 돌리며 중얼거렸다. "그럼 지폐에 얼굴이 나오게 하는 건 괜찮은 거예요? 그건 독재자가 아닌 건가요?"

"마르타!" 엄마가 절망감에 머리를 쥐어뜯기 시작했다. "권력이 너를 좌지우지하고 있는 게 안 보이니? 베툴리아 국민들은 변화를 원했을 뿐…."

"바뀌었어요! 저 덕분에 많은 것들이 바뀌었다고요!"

"맞아, 마르타. 그렇지만 네 정책들은 즉흥적인 것일 뿐, 진짜 문제들은 걱정하지 않잖니. 아르카노 숲에 관해서도 아무것도 안 했잖아."

"또, 그 지긋지긋한 숲! 엄마, 자작나무들은 엄마한테나 중요해요. 엄마는 나무 껴안기 대장이니까요!"

말을 내뱉은 순간 나는 후회했다.

엄마가 눈물이 가득한 눈으로 나를 바라봤다. 엄마의 아랫입술이 떨리기 시작했다.

"엄마, 죄송해요. 난 단지…."

내가 엄마를 안으려고 다가가자, 엄마가 뒷걸음치며 마치 나를 모르는 사람인 양 바라봤다.

"이 나라에 어떤 일이 일어나는지 잘 알고 계셔야 할 겁니다, 대통령 각하."

엄마가 방을 나서며 말했다.

"그게 우선순위를 결정하는 데 도움이 될 테니까요."

엄마 등 뒤로 문이 닫히는 동안 나는 생전 처음으로 깨달았다. 차크라가 닫히는 것이 이렇게 아프다는 것을 말이다.

엄마가 역정을 낸 이후로 뭔가가 계속 마음에 걸렸다. 이 나라에 어떤 일이 일어나는지 잘 알고 있어야 한다는 건 무슨 뜻이지? 난 완벽히 잘 알고 있단 말이야! 권력에 휘둘리는 건 오히려 엄마가 아닐까? 엄마도 민주적으로 선택된 건 아니잖아! 더구나 내가 회장 선거에 출마한 건 사실 루피안 주니어가 엄마를 학교에서 쫓아내는 걸 막기 위해서였어!

지금까지의 상황으로 보아 내가 지금 대통령이 된 건 엄마 탓이다. 그래서 내가 감사해야 해?

"마르타, 내 얘기 좀 들어줄래?"

문 밖에서 엄마의 목소리가 들렸다. 어제의 말다툼 이후로 엄마를 피하고 있었지만, 엄마는 자작나무 몸통보다 더 고집이 셌다. 내가 엄마를 보지 않으려고 달걀방에 틀어박혀 있으니까, 지겹도록 방문을 두들겼다.

"꼭 너랑 얘기해야 해. 중요한 일이야."

"암브로시아, 제발 차크라스 여사님께 국가적인 일로 나를 만나야 한다면 회의를 신청하시라고 전해주세요. 지금부터 난 성실하고 투명한 대통령이 될 거예요. 그러니까, 당연히, 그 누구의 부탁도 들어줄 수 없어요. 그분께서 내가 닮아가는 중이라고 주장하는 루피안 가문 사람들처럼 할 수는 없죠."

문밖을 지키던 암브로시아 집사가 엄마한테 나의 말을 그대로 반복했다.

"아니, 무슨 말을 하는 거예요? 이제 내 딸을 혼내려면 시간을 내달라고 부탁해야 한다는 건가요? 말도 안 되는 소리죠! 그 애는 한계를 알려주고 걱정해줄 어른이 필요해요!"

"죄송합니다, 여사님. 무엇이든 정식으로 신청하거나 불만을 제기하시려면 공식적인 절차를 밟으셔야 합니다."

집무실 문틈 사이로 오스카 비서관이 테이블 서랍을 열어 서류 뭉치를 꺼내는 게 보였다.

"그래서 그게… 얼마나 걸리는데요?" 엄마가 물었다.

"평균적으로 6개월에서 1년 사이입니다." 오스카가 얼굴을 붉히며 대답했다.

"어쩔 도리가 없네요."

오스카가 내민 볼펜을 받아들며 엄마가 선언했다. 그런데 서류를 작성하는 대신, 종이를 뒤집어 아무것도 없는 흰 면에 뭔가를 적었다.

"오스카, 마지막으로 부탁 한 가지만 할게요. 공식 절차를 거치도록 만들지 않으셨으면 좋겠네요. 이걸 마르타 대통령에게 전해 주세요."

엄마가 떠나자마자 오스카가 창피한 듯 종이 한 장을 들고 집 무실로 들어왔다.

"차크라스 여사님께서 이걸 전해달라며 저한테 주셨습니다, 각 하."

"다른 서신들과 함께 두세요."

"안 읽어보실 건가요?"

"나중에요."

"알겠습니다, 각하."

오스카가 안타까운 목소리로 대답했다. 그리고 방을 나서기 전 잠시 생각하더니 입을 열었다.

"어머님께 너무 고집 부리지는 마십시오."

"그건 내가 결정할 문제예요, 오스카."

나는 단호하게 대답했다. 오스카도 여기서 누가 명령을 내리는 사람인지 잊어버린 듯했다.

오스카는 마치 처음 보는 사람인 양 나를 쳐다보고는 달걀방 을 나갔다. 아프신 할머니를 돌봐드리고 온 이후로는 그가 웃는 것을 거의 보지 못했다.

나는 문이 딸깍 하고 닫히는 소리를 듣자마자 서신 더미를 향 해 달려가 엄마가 쓴 것을 읽었다.

네가 엄마랑 얘기하고 싶을 때
나를 어디서 찾아야 하는지 알고 있지?
―엄마가

하하! 엄마가 나와 힘겨루기를 하고 싶은 거라면 나는 이미 준비가 되어 있다. 엄마는 절대 나를 이길 수 없다. 난 물러설 생각이 없으니까. 이노바랩에 갔을 때 그 못된 아빠 루피안이 뭐라고 했었지? 때로는 엄격함을 보여줘야 한다고 하지 않았나? 아빠 루피안이 처음으로 말이 되는 소리를 한 것 같았다.

"암브로시아, 지금 바로 내 핸드폰하고 대통령 전화번호부 좀 갖다 주세요!"

"네, 각하."

암브로시아가 즉시 핸드폰과 낡은 전화번호부가 놓인 은쟁반을 들고 집무실로 들어왔다.

'R'이 나올 때까지 페이지를 넘기다 마침내 내가 찾던 번호가 나왔다. 나는 번호를 누르고 기다렸다.

"안녕하십니까, 루피안 씨 댁입니다. 무엇을 도와드릴까요?"

만약 암브로시아가 옆에 없었다면 그녀의 목소리라고 생각할 만큼 똑같은 목소리였다. 집사 학교에서는 맨 처음에 얼음장 같은 목소리 톤으로 응대하는 법을 가르치는 게 틀림없다.

"저는 마르타 차크라스 대통령입니다. 헥토르 루피안 씨와 통화하고 싶은데요."

"아버님요? 아님 아드님요?" 루피안 가문의 집사가 물었다.

"둘 다요."

30분 뒤, 가발을 쓴 아빠 루피안과 돼지같이 웃는 아들 루피안이 대통령 관저의 문을 두드렸다. 두 사람의 얼굴에는 승자의 미소가 떠올라 있었다.

"지금 농담하는 거야?"

몇 시간 후, 아가타가 나한테 물었다. 우리는 하비가 각료회의에 들어가기 전에 준비해준 카카오 크림과 바닐라, 마카다미아로 속을 채우고 둥글게 빚어 찐 간식을 먹는 중이었다.

"아니."

"잠깐, 난 잘 이해가 안 되는데?" 하비가 끼어들었다. "명예 고문의 의견을 받아들인다고? 그러니까 네가 죽도록 싫어하는 그 전직 대통령의 의견을?"

"그리고 그 아들의 의견도."

"마르타, 넌 나사가 하나 빠진 것 같아." 하비가 반쯤 먹은 간식을 초코우유 옆에 내려놓으며 말했다. "그 사람은 텔레비전이랑 신문에서 계속 너를 비난해대고 있다고!"

"뇌의 시냅스가 갑자기 이상하게 작동한 경우라 할 수 있지. 청소년들한테 자주 일어나."

아가타가 내 무표정한 얼굴을 보더니 덧붙여 말했다.

"네가 이성을 잃었다는 걸 설명해주는 신경학 용어야."

"난 이성을 잃지 않았어. 아주 멀쩡해. 루피안 가문은 몇 세대 동안 베툴리아를 운영했잖아. 그들의 의견은 나한테 유용할 수 있어."

"그럼 네 엄마는?"

"난 엄마는 필요 없어. 나 혼자서도 충분히 결정을 내릴 수 있으니까."

"내가 말했지?" 아가타가 끼어들었다. "갑작스러운 신경학적 문제라니까."

하비와 나는 설명해주기를 기다리며 아가타를 쳐다봤다.

"마르타, 넌 선을 넘었어."

"나를 비웃어도 좋아."

나는 짜증이 났다.

"그렇지만 오늘 아빠 루피안과 얘기하는 동안, 나한테 한 가지 해준 말이 있어.

'정부를 유지하기 위한 열쇠는 너의 의견에 반문하는 사람들에게서 멀어지는 거야. 적들은 사방에 있단다. 숨어 있기도 하고 심지어 예상치 못한 적들도 있지. 좋은 대통령은 혼자서 결정하는 거야. 아무도 이래라 저래라 말해줄 필요가 없단다.'

어떻게 생각해? 난 그 말이 맞다고 생각해."

아가타와 하비는 침을 꼴깍 삼키더니 다시는 입을 열지 않았다. 각료회의에 들어가기 전에도, 대통령 관저에 풍선 성을 설치하기 위한 의사일정을 건너뛰기로 했을 때에도, 학생들은 자유

복장으로 학교에 가고 어른들은 유니폼을 입고 직장에 가는 법을 만들었을 때도 마찬가지였다.

아! 제일 멋진 건 가로등 시설 개선에 배정된 예산을 대통령 관저에서 에우포리아 콘서트를 개최하는 데 사용하도록 한 것이다. 그럼 펠릭스 시다드가 베툴리아의 새 국가를 라이브로 나한테 불러줄 수 있겠지!

오스카는 '하지만'을 입 밖에 꺼내기 직전이었지만, 회의 테이블을 둘러보더니 이미 많은 자리가 비어 '있는' 것을 보고 곰곰이 생각에 잠겼다. 사실 용감하게 반대 의견을 냈던 장관들과 보좌관들은 이별을 고해야만 했다. 아빠 루피안의 조언은 아주 효과가 좋았다. 왜냐하면 남은 사람들이 마침내 내가 받아 마땅한 존경심을 담아 나를 보기 시작했기 때문이다.

아빠와 아들 루피안은 회의 내내 둘이서 소곤거렸지만, 나의 새 정책들을 가장 먼저 환영하고 마치 에스케헤스 FC가 골을 넣은 듯이 환호성을 질렀다.

사람들이 시키는 대로만 하던 어린 대통령 노릇은 이제 끝이다. 지금부터 베툴리아에서는 내가 명령을 내리는 사람이라는 것을 확실히 보여줄 생각이다.

"너를 존경하게 하려면 위압적인 존재감을 지닌, 확고부동한 사람이 되어야 한단다."

아빠 루피안이 코칭(더 멋있어지는 법을 배우기 위해 누군가를 고용했다는 것을 표현하기에 적절한 단어다) 수업에서 나한테 해준 첫 충고였다.

더할 나위 없이 훌륭한 말이지만 실제로 어떻게 해야 하는지는 전혀 감이 안 잡혔다. '위압적인 존재감'(나를 무서워하게 만들어야 한다는 뜻이겠지)을 갖기란 결코 쉬운 일이 아니다. 특히나 키 작고 가냘픈 열세 살의 소녀로서는 말이다.

성장기가 올 때까지는 작은 키를 해결하려면 하이힐을 이용하는 수밖에 없었다. 나는 베툴리아의 모든 구두 가게를 뒤져서 가장 높은 굽이 달린 구두를 가져오라고 했다. 그리고 하비와 아가타한테 그 구두를 신고 걸어보라고 했다.

여기서 두 가지 사실을 발견했다. 첫째, 하이힐은 너무너무 불편하다. 둘째, 높은 굽 때문에 멀미 난 오리처럼 뒤뚱뒤뚱 걸으면 '위압적인' 높이도 별 도움이 되지 않는다.

나는 당장 위압적인 존재감이 필요했다. 그래서 키를 해결할 수 없다면 치과에 가서 이빨을 사자 송곳니로 보이도록 다듬거나, 온몸에 문신을 하거나, 악마의 뿔이 달린 왕관을 쓸 수도 있겠다고 생각했다.

하지만 이미지 보좌관 모데스토는 스타일을 중요시하는 사람이었다. 내 아이디어를 말하는 동안 그는 거의 기절하기 직전이었다. 그래서 결국 포기할 수밖에 없었다.

아빠 루피안과 그의 선조들은 어떻게 사람들이 자신을 존경하도록 만든 것일까? 한참 동안 역대 대통령들의 초상화를 들여다보던 중, 사실 그들 중 누구도 키가 큰 것도 아니고 덩치가 큰 것도 아니라는 사실을 발견했다. 다만 한 가지 공통점이 있었는데, 그들 모두 칠면조처럼 거만하고 성질이 고약해 보이는 얼굴이었다. 정말이지 그 얼굴을 보기만 해도 간섭하거나 반대하고 싶은 마음이 싹 달아날 지경이었다.

그래! 아빠 루피안이 말하고 싶었던 건, 존재감이란 겉모습의 문제가 아니라 태도의 문제라는 거였어!

그래서 나는 다음 각료회의에 들어갈 때 성큼성큼 걸어가서 문 양쪽을 있는 힘껏 밀었다. 이것이 내가 가장 먼저 보인 행동이었다. 참석자들은 놀라서 머리카락이 곤두섰는데, 지금 열세 살 소녀가 아니라 허리케인이라도 밀어닥친 듯한 표정이었다.

허리케인 마르타! 아빠 루피안이 열정적으로 박수를 보냈다. 그의 (번쩍이는 대머리를 감추기 위해서가 아니라 가문의 전통 때문에 쓴다고 주장하는) 가발이 날다람쥐처럼 회의 테이블로 떨어지자 즉시 멈추긴 했지만.

"오늘의 의사일정입니다, 각하."

종이 한 장을 나한테 건네며 오스카가 말했다.

"이걸 누가 승인한 건가요?"

"그, 그게…" 오스카가 우물거렸다. "가, 각각 장관들이 중요하다고 생각하는 이슈를 리스트에 적으면 그후에…."

"그러니까, 이 리스트에 대해 확실히 하자면,"

나는 오스카의 코앞에 그 종이를 흔들며 말했다.

"한 가지도 내가 선택한 것이 없다는 거네요. 그렇죠?"

"네."

오스카가 고개를 아래로 떨어트렸다.

"알겠어요."

나는 그 리스트를 동그랗게 구겨서 쓰레기통으로 던졌다. 그리고 대통령 전용 안락의자에 앉아 회의 테이블 위에 다리를 꼰 채, 나의 에우포리아 달력을 집어 들고 읽기 시작했다.

"9월 7일을 에우포리아 결성 기념 국경일로 선포합니다."

그 순간, 데 라 렌타 경제부 장관이 가볍게 헛기침을 했다. 다른 사람들이 눈빛으로 경보를 울리며 그녀를 쳐다봤다. '장관을 해고할 거야.' 모두 작은 소리로 중얼거렸다. 하지만 데 라 렌타 장관은 다시 가볍게 기침을 하고 숨을 크게 쉬더니 떨리는 목소리로 말했다.

"대통령 각하, 그룹 에우포리아에 대한 팬심은 저도 이해하고 공감합니다. 그렇지만 재임기간 동안 이미 251일이었던 평일을 132일로 줄였습니다. 제가 무례하게 굴려는 것이 아니라, 공휴일을 더 늘리는 것은 현명하지 못하다고 생각합니다. 만약 국민 총생산량이 줄어들기를 원하시는 것이 아니라면, 우리 경제가…."

나는 마치 생각을 읽을 수 있다는 듯 눈을 가늘게 치켜뜨고 데 라 렌타 장관을 봤다.(내가 실수할 때면 엄마가 나를 이렇게 쳐다보곤 한다.) 모든 참석자들이 숨을 죽이고 나의 다음 행동을 기다렸다. 나를 존경하기를 원한다면 확고부동한 사람이 되어야 한다는 게 아빠 루피안의 조언이었다. 데 라 렌타 장관은 나한테 반기를 들 만큼 용감한 사람이다. 그렇지만 여기서 누가 명령을 하는 사람인지는 분명히 해야겠지.

"그리고 펠릭스 시다드를 성인의 반열에 올리고 수호성인으로 만들겠어요."

"그렇지만 베툴리아는 종교의 자유가 있는 나라입니다. 국교가 없습니다!"

데 라 렌타 장관은 엄청난 충격에 휩싸였다.

"더구나, 살아 있는 동안 최소 두 가지의 기적을 일으킨 죽은 사람만이 성인의 반열에 오를 수…."

"내가 펠릭스 시다드가 성인이 되어야 한다고 말하면 성인으로 만드세요. 그리고 더 이상 말하지 마세요."

아빠 루피안이 나한테 양쪽 엄지를 치켜들어 보이며 만족스러워했다.

"대통령 각하, 부디 이성적으로 생각해주시길 간청…."

"아니요. 난 모든 사람들이 사사건건 간섭하는 것에 지쳤어요! 이곳에서 누가 대통령이죠? 내가 아닌가요? 그러니까 여기선 내가 진정으로 원하는 것을 하세요!"

어떤 장관들은 충격을 받아 손으로 입을 가리기도 했다. 오스카는 옷이 땀에 젖을 정도로 엄청나게 땀을 흘리기 시작했다.

아가타는 자기도 모르게 손을 떠느라 손목에 차고 있던 반짝이는 팔찌들이 찰랑찰랑 소리를 냈다. 하비는 회의 동안 가볍게 먹으려고 가져온 치즈 파운드케이크가 목에 걸려 얼굴이 파랗게 질렸다. 나의 비서관들과 친구들보다 덜 충격을 받은 나머지 사람들은 테이블에 시선을 고정시키고 엄청 중요한 보고서를 살펴보는 척했다.

"대통령 각하, 민주적인 정부는 이렇게 운영되지 않습니다."

데 라 렌타 장관이 다시 이의를 제기했다.

"민주주의의 기본 바탕은 의견의 다양성입니다. 각하께서 원하시는 것만 할 수는 없습니다. 그건 독재…."

"베르두고 장관님."

나는 베르두고 법무부 장관을 쳐다보며 그녀의 말을 잘랐다.

"또 한 가지 승인하고자 하는 법안이 있습니다. 내 의견에 반대하는 베툴리아 국민은 15년 3초간 감옥에 있어야 할 겁니다. 지금 즉시 실행해주세요. 그리고 이 법안은 '소급'하여 적용합니다."

나는 시계를 보며 회의가 시작된 시간을 계산했다.

"20분 전부터요."

혹시 여러분이 모를까 봐 설명하자면, '소급'이란 어떤 법이 승인되기 전에 일어났던 일들에 대해서도 적용한다는 멋진 말이다. 그것이 무슨 뜻인지 잘 아는 데 라 렌타 장관은 자기 의자 위로 쓰러지고 말았다. 그게 그녀를 위해 더 나을지도 모른다. 두건을 쓰고 중세 도끼로 무장한 간수들이 발목에 족쇄를 채워 자신을 지하감옥으로 끌고 가는 것을 보지 않아도 되니 말이다.

창백해진 장관들은 힘겹게 침을 꿀꺽 삼켰고, 그 소리가 달걀 방 안에 메아리쳤다. 아빠 루피안은 모든 일이 다 잘되고 있다는 듯 만족스러운 표정으로 헤벌쭉 웃고 있었다.

"더 말씀하실 분 있나요?"

나는 무거운 침묵 속에서 몇 초가 흐른 후 덧붙였다.

"좋아요. 계속하죠."

"**대**통령 각하, 정말 아침으로 젤리를 드시겠습니까?"
떨리는 목소리로 암브로시아가 물었다.

"어제저녁에 드신 꼬마 곰 젤리 50봉지로는 부족하셨나요?"

"아침으로 젤리를 먹고 싶다고 말했을 텐데요. 이상 끝!"

나의 요구를 들어주려고 즉시 주방으로 향하는 암브로시아의
발소리가 사방에 울려 퍼졌다. 단지 암브로시아의 덩치가 코뿔소
처럼 커서 발소리가 울려 퍼지는 것은 아니었다. 대통령 관저가
이렇게 비어 있었던 적이 없기 때문이다.

대통령 관저의 한 달 예산을 젤리 3톤을 구입하는 데 쓰도록
한 결정은 나의 '코치', 아빠 루피안의 치밀한 계획 중 하나였다.
그 목적은 굉장히 단순했다. 나를 반대하는 사람들에게 대통령을
항상 존경해야 한다는 교훈을 확실히 가르쳐주는 것이다.

나의 명령에 따르지 않으면 무엇이 기다리는지 이미 다들 알고
있었다. 말처럼 커다란 쥐가 득실거리는 축축한 지하감옥, 영원히

멈추지 않는 모노폴리 게임, 그리고 최대 볼륨으로 24시간 계속되는 헤비메탈 음악 방송.

흔들리지 않는 대통령이 되어야만 해.

계획은 성공적이었다. 내 의견에 반대하고 나선 사람들은 모두가 지금 감옥에 갇혀 있다. 다만 한 가지, 계산에서 작은 실수가 있었다. 거의 모든 장관을 감옥에 보내게 될 줄은 예상하지 못한 것이다. 그래서 즉시 비상 감옥(훨씬 현대적이지만, 약간의 즐거움을 더할 뿐 중세의 고문 시스템은 그대로인 감옥 말이다. 물론 돌연변이 쥐들도 없으면 섭섭하지. 그래야 예전 감옥에 있든 새 감옥에 있든, 불공평하다고 투덜거리지 못할 테니까)을 지으라는 명령을 내려야만 했다. 이미 지하감옥이 꽉 찼기 때문이다. 충직한 경호원이자 국방외교부 장관인 라모나 치타마저도 나의 독재 정치에 항의하기 위해 고릴라들과 함께 자발적으로 감옥에 갔다.

다행히 아직 하비와 아가타, 오스카, 그리고 암브로시아는 나를 도와주고 있었다. 물론 아빠 루피안도. 그는 나의 적들이 진실한 얼굴을 보여줬으니 이제 충실하고 강한 진짜 정부를 만들 수 있다고 말했다. 그런데 무슨 일인지 모르겠지만, 장관이 되어달라고 초청한 사람들은 모두가 히말라야를 등반하고 있거나, 잠수함으로 해저를 탐험하거나, 화성 탐사를 위한 우주선에 탑승하기 직전이었다. 아빠 루피안은 나를 안심시키며, 사람들이 역사상 가장 위대한 대통령의 정부에 동참하기 위해 서로 싸우고 있다고 전했다. 아빠 루피안도 자작나무 숲에 관한 계획을 멈추고 (드디어!) 나의 명령이 나라를 위한 것임을 알아차린 게 나는 너무나 기뻤다. 뉴스에서도, 신문에서도 그렇게 말했다. 온 나라가 그렇게 말하고 있었다.

그럼에도 불구하고 일주일 후, 나는 불안해지기 시작했다. 나와 함께 일하고 싶어 서로 다투고 있다는 사람들이 대체 어디에 있는지 알지도 못하고 찾을 수도 없었기 때문이다. 날마다 젤리를 먹으며 이 사람 저 사람한테 전화를 걸었지만 아무도 받지 않았다. 이젠 젤리를 먹는 것도, 혼자 있는 것도 지겨워지기 시작했다. 더 이상 전화할 장관 후보들이 없었다.

나는 암브로시아가 가져다준 빨간색 막대 젤리를 먹어치우고는 오스카를 호출했다.

"부르셨습니까, 대통령 각하?"

오스카는 항상 그렇듯 잘 차려입고 있었지만, 너구리 같은 다크서클이 그의 얼굴을 어둡게 만들었다.

"하비랑 아가타한테 전화해서 대통령 관저로 오라고 하세요."

"긴급회의 때문이신가요?"

"아니요. '미친 벌목꾼' 게임을 같이 하려고요. 심심해서요."

"알겠습니다, 대통령 각하."

물러났던 오스카가 1분도 채 지나지 않아 다시 들어왔다. 그는 바닥만 내려다보며 가을 낙엽처럼 떨고 있었다.

"하비와 아가타 장관이 바빠서 오늘은 귀국할 수 없다고 합니다."

"그럼 내일은요?"

"아마… 내일도 어려울 것 같습니다."

"헐… 대체 뭘 하고 있는데요? 벌써 일주일째 변명만 늘어놓고 있어요. 오늘은 뉴욕에 있는 햄버거 맛집에서 은포크 수여식인지 뭔지로 초대했다는 둥, 알파 센타우리 별에서 외계 생명체의 흔적을 발견했다는 둥… 이젠 좀 화가 나려고 하네요. 친구들이 대체 언제쯤 돌아올 것 같나요?"

"그, 그게 제 생각엔 아, 안 돌아올 것 같습니다, 대통령 각하."

"뭐라고요?"

나는 화들짝 놀라 물었다.

"왜요? 친구들한테 무슨 일이 생겼나요? 혹시 뉴욕에서 사고라도 당한 건가요?"

"아니요, 대통령 각하. 하비 에스토파도 장관과 아가타 프로베타 장관이… 감옥에 가게 될까 봐 두려워서 뉴욕의 UNA 본부에 정치적 망명을 신청했습니다."

그 소식은 나를 충격에 빠트렸다.

"무슨 그런 황당한 일이! 그 둘은 내 절친들이에요! 절대 감옥에 가둘 일은 없다고요! 말해봐요, 내가 언제 이유 없이 누군가를 감옥에 보낸 적이 있던가요?"

오스카가 침을 꼴깍 삼키더니 아무 말도 하지 않았다.

"감옥에 가 있는 사람들은 다 그럴 만했어요."

나는 고집스럽게 말했다.

"아빠 루피안이 이제 곧 전화기에 불이 날 거랬어요. 장관이 되고 싶어 죽을 지경인 사람들이 베툴리아에 가득 찼다고 했어요. 그리고 또…."

오스카가 나를 바라보더니 깊이 숨을 들이쉬었다가 다시 내쉬었다.

"요가라도 배우기 시작한 거예요?"

"아니요. 대통령 각하, 드리고 싶은 말씀이 있습니다. 절대 나쁘게 듣지 말아주셨으면 합니다. 각하에게 올바른 길을 알려줄 사람이 이젠 남아 있지 않네요. 그래서 제가 그 위험을 감수하겠습니다."

나는 대체 그게 무슨 뜻인지 궁금했다.

"아빠 루피안의 조언을 듣지 마시고 각하의 어머님을 부르셔야 합니다. 어머님은 이 상황에서 어떤 충고를 해줄 수 있는지 아실 겁니다."

"우리 엄마요? 오스카, 제정신이에요?! 아르카노 골프 프로젝트 중단 건으로 내가 또 골치를 썩여야 해요? 절대 싫어요!"

"그래서 하셨나요?"

오스카가 나의 말을 자르며 물었다.

"뭐를요?"

"아르카노 골프 프로젝트 중단 말입니다."

"그게… 아니요."

나는 살짝 부끄러웠다.

"그치만, 걱정 말아요. 아빠 루피안은 그 프로젝트를 계속 추진하는 것에 관심 없다는 걸 알았으니까요. 그가 말하길 내 개인 고문으로서 많이 배우고 있고, 전문 코칭 회사를 열고 싶다고…."

"거짓말입니다."

"코칭 회사가요? 아니, 사실이에요. 나한테 건물 설계도까지 보여줬는걸요. 그리고…."

"아르카노 골프 프로젝트 말입니다. 중단되지 않았습니다, 대통령 각하. 그가 거짓말을 하고 있는 겁니다."

나는 믿고 싶지 않았다.

오스카가 옅은 웃음을 지어 보였다.

"제 말을 믿으셔야 합니다, 대통령 각하. 루피안은 거짓말 외엔 하지 않…."

"오스카 당신도 배신자라는 걸 믿고 싶지 않았는데…."

나는 화가 머리끝까지 치밀었다.

"당신도 다른 적들과 다르지 않네요! 거짓말로 나를 무너뜨리길 원하잖아요! 다른 사람들처럼 내가 이룬 모든 것을 질투하고 있는 거예요!"

"그렇지 않습니다… 저는… 저는…."

내가 손가락을 튕기자마자, 복면을 쓴 두 명의 지하감옥 간수가 들어왔다.

오스카의 얼굴이 종잇장처럼 하얗게 질렸다.

"루피안은 거짓말을 하고 있습니다. 어머님의 말씀이 옳았습니다, 대통령 각하!"

오스카는 간수들이 발목에 쇳덩이 공이 달린 족쇄를 채우려 하자 발을 버둥거리며 계속 소리쳤다.

"다시 생각해보십시오. 어머님과 얘기해보세요!"

"루피안이 아무도 믿지 말라고 했어요. 모두들 나를 마음대로 하려고 해요. 오스카 당신도요. 그렇지만 이제 끝이에요!"

간수들에게 끌려 나가며 오스카가 깊은 실망이 담긴 눈으로 나를 바라봤다.

나는 마음이 약해질까 봐 그를 보지 않고 테이블 위에 있는 전화기에 시선을 고정시켰다. 언제든지 곧 전화기가 울릴 거야.

아빠 루피안이 항상 말해온 것처럼 말이다.

드디어 전화기가 울렸다. 나의 집사 암브로시아가 고정 멘트인 "안녕하십니까, 대통령 관저입니다. 무엇을 도와드릴까요?"를 날리기 위해 움직였지만, 내가 더 빨랐다.

"여보세요여보세요? 누구세요누구세요누구세요?"

"차크라스 대통령님?"

외국인의 말투가 확실한 목소리가 물었다.

"저는 알코르노키아 대통령 로케 코르초입니다. 제가 전화를 드린 이유는 최근 베툴리아로부터 들려오는 우려스러운 소식들로 인해 걱정이 된다는 것을 말씀드리기 위해서입니다. 저희는 베툴리아 정부의 독재적 행보에 대해 심히 걱정하고 있습니다. 괜찮으신 겁니까, 차크라스 대통령님? 누군가가 그렇게 극단적인 선택을 하도록 강요하고 있는 건 아닌가요? 그 나이엔 누구든 영향을 받기 쉬운…."

"저는 아무 일도 없습니다. 감사합니다, 코르초 대통령님."

나는 무뚝뚝한 목소리로 말을 이어갔다.

"제가 감옥에 보낸 사람들은 자신들이 원해서 그곳에 있는 거예요. 그들은 대통령을 존경하고 따를 의무가 있지만 그렇게 하지 않았지요. 그러니 마땅히 받아야 할 벌을 받고 있는 거예요."

수화기 너머로 긴 침묵이 흘렀다.

"코르초 대통령님, 거기 계시는 건가요?"

"네, 듣고 있습니다, 차크라스 대통령님."

그는 약간 놀란 듯한 목소리였다.

"처음 생각했던 것보다 훨씬 걱정스러운 상황으로 보이는군요. 로블레리아 대통령 에벨리아 로블레달과 저는 다른 국가들과 더불어 당신이 보여주고 있는 독재적 행보에 대해 논의하기 위해 긴급회의를 소집하기로 결정했습니다."

"무슨 말씀이세요? 하비와 아가타가 일러바치기라도 한 건가요? 사실이 아니에요! 저는 그 애들을 감옥에 보내지 않아요! 가장 친한 친구들인걸요! 아니, 저한테 반대하기 전에는 그랬…."

"차크라스 대통령님, 당신은 다음 주 월요일 뉴욕 UNA 본부에서 열리는 특별 정상회담에 정식으로 소환되었습니다."

코르초 대통령은 이렇게 통보한 후 바로 전화를 끊었다.

"말도 안 돼!"

나는 종을 흔들었다.

"암브로시아, 전화번호부를 갖다 주세요! UNA에 전화해야겠어요!"

그런데, 전화번호부를 은쟁반에 가져온 사람은 암브로시아가 아니라 아빠 루피안이었다.

"오늘도 코칭 수업이 있나요?"

나는 뭔가 이상해서 스케줄 표를 살폈다.

"아닙니다. 그저 괜찮으신지 살펴보려고 왔습니다, 대통령 각하." 루피안이 다정하게 말했다. "그리고 제 새로운 프로젝트인 코칭 회사를 세울 부지에 머릿돌을 놓는 행사에 초대하고 싶어서요. 전화를 돌리느라 바쁘시겠지만…."

국립 교향악단이 힘차게 연주하는 가운데, 내 얼굴이 찍힌 깃발을 열렬히 흔드는 베툴리아 국민들! 그리고 황홀할 정도로 맛

있는 뷔페가 차려진 즐거운 착공식! 지금 내겐 정말로 필요한 것이라는 생각이 들었다.

"에이, 이건 나중에 해도 돼요. 착공식이 훨씬 중요하죠."

내가 테이블 위에 전화번호부를 내려놓고 일어서자, 루피안이 나한테 한쪽 팔을 내밀었다.

암브로시아가 대통령 관저의 문을 열어줬고, 루피안과 나는 전용 리무진이 있는 주차장으로 향했다. 그런데 운전기사인 빈센트 코체로 씨도 감옥에 가 있다는 사실이 기억났다. 그가 리무진을 초록색으로 칠하고 오렌지색 물방울무늬를 그려 넣는 것에 반대했기 때문이다. 즉, 리무진을 운전할 사람이 없는 것이다.

"날씨가 정말 환상적인 오후네요. 산책하며 걸어가고 싶지 않으세요?"

나는 태연하게 시치미를 뗐다.

"좋은 생각이십니다, 대통령 각하."

큰 웃음을 지으며 루피안이 대답했다.

이 친절하고 마음씨 좋은 남자가 내가 평생 미워했던 사람과 같은 사람이라는 게 믿기 힘들었다. 자연환경에 병적으로 집착하는 것과 마찬가지로, 이 또한 엄마의 지나친 걱정이 아니었을까? 결국, 엄마도 다른 사람들처럼 나한테 등을 돌렸다.

모두가 그랬다. 루피안만 빼고.

"자연환경 보존에 대해서는 걱정이 안 되시나요, 루피안 씨?"

나는 행사장으로 가는 길에 아르카노 숲을 지나며 물었다.

"아주 많이 걱정하고 있습니다, 각하."

루피안이 힘주어 대답했다. 그리고 예전에는 왜 자작나무를 없애려 했는지 물어보려는 찰나, 루피안이 먼저 입을 열었다.

"저는 누구보다도 환경보호주의자입니다. 베툴리아에서 가장 오래된 꽃집에 VIP 회원권도 가지고 있을 정도랍니다! 저희 자일리톨 공장의 모든 직원들은 생일엔 데이지 꽃다발, 크리스마스엔 온실에서 가장 붉은 빛깔의 포인세티아, 그리고 퇴직 날에는 엄청 뾰족한 선인장을 선물로 받습니다. 저는 모든 종류의 식물에 관심이 아주 많답니다!"

"그럼 왜 골프장 건설을 위해 아르카노 숲의 자작나무들을 베려고 하시는 거예요? 설마 자작나무들이 베툴리아의 지반을 지지해준다는 로카 박사의 보고서를 모르시는 건 아니죠?"

"대통령 각하, 로카 박사가 삶을 어디서 마감했는지 아시나요? 바로 '정착원'이랍니다."

"정신착란증 환자를 위한 자선병원요? 그 정신병원? 엄마는 그런 말 안 해주셨는데…."

"미친 과학자 로카 박사의 가설을 믿기로 한 사람들은 가끔씩 그 사실을 잊어버리지요, 대통령 각하. 확실한 건 로카 박사는 제정신이 아니었다는 겁니다. 따라서 그의 보고서도 과학적 타당성이 없습니다."

"그럼, 아르카노 숲의 자작나무들을 베어도 이 나라가 물에 안 잠길까요?"

"절대 그럴 리가 없습니다, 대통령 각하. 물론 어떤 사람들에겐 자작나무들을 베는 것이 무척 마음 아프겠지요. 자작나무는 베툴리아 국민들에게 중요한 상징이니까요. 하지만… 한 나라의 대통령이 더 걱정해야 하는 건 뭘까요? 나무들? 아니면 국민들?"

"그게, 그러니까….."

"어쨌거나 걱정하지 마십시오. 현재 그 프로젝트는 중단되었습니다. 새로운 코칭 회사도 베툴리아에 부와 번영을 가져다줄 프로젝트라고 생각합니다. 우리나라 토착 식물들을 해칠 필요도 없고 말입니다. 그러니 모두에게 다 좋은 일이지요. 베툴리아 국민들에게도, 경제도, 자작나무도….."

나는 깊은 죄책감을 느꼈다. 루피안 가족에 대해 말하고 생각했던 모든 것들이 나를 부끄럽게 만들었다. 그들은 오직 베툴리아 국민들이 더 잘사는 것만을 바랐던 것인데, 불공평하게도 사람들은 그들이 도둑이라거나 부패했다는 비난을 쏟아 부었던 것이다.

착공식이 열리는 행사장 주변에서 수많은 사람들의 목소리가 들려왔다. 그들의 함성에 내 심장이 요동쳤다. 나 혼자뿐이었던 외로운 시간이 지나고 이제 나와 함께해주는 사람들이 있다는 것에 감동의 물결이 밀려왔다.

"오, 다들 나를 보러 왔어요!"

"그런 것 같군요. 자, 가시지요, 대통령 각하."

루피안이 착공식 행사장으로 나를 이끌었다.

깊게 파인 구멍이 있는 곳에 이르자, 암브로시아의 쌍둥이 남동생일 것만 같은 남자가 거대한 돌이 담긴 은쟁반을 나한테 가져왔다. 나는 온 힘을 다해 돌을 집어 들고는 카메라 기자들을 위해 웃는 표정을 지어 보였다.

드디어 돌을 구멍 안으로 떨어트리려는데, 돌에 고정시킨 금속판이 눈길을 끌었다.

아르카노 골프 프로젝트
머릿돌

"뭐, 뭐라고?"

나는 너무나 혼란스러웠다.

"루피안 씨, 아까 분명히 골프장에는 더 이상 관심 없다고 하셨잖아요. 새 프로젝트가 모두에게 만족스러운 결과를…."

루피안이 나를 비웃듯이 비열한 미소를 지었다.

카메라 플래시들이 여기저기서 번쩍거리기 시작했다. 방송국 카메라들은 영원히 기록되도록 이 순간을 고스란히 담고 있었다.

'마르타 차크라스, 아르카노 골프 프로젝트의 머릿돌을 놓다.'

루피안이 마치 찾고 있었다는 듯 고개를 끄덕이며 군중 속의 누군가에게 신호를 보냈다. 나는 눈에 보이는 게 없을 만큼 화가 나, 사람들 사이에서 그것을 알아보는 데 시간이 걸렸다. 그것은 바로 사악한 아빠 루피안의 미니어처였다. 그리고 루피안 주니어가 메가폰을 들고 소리치며 오케스트라의 지휘자처럼 사람들을 이끌고 있었다.

　이제야 알겠다. 여기에 모인 수많은 사람들은 대통령을 열렬히 지지한다는 것을 보여주러 온 게 아니라…

　그 반대였다.

25

수많은 사람들이 항의하며 외치는 소리 때문에 착공식은 중단되었다.

마르타 차크라스는 부패했다!
썩은 달걀 세례를 받아라!

반대하는 사람에겐 감옥만이 있을 뿐인
독재자는 사퇴하라!

우리는 민주국가다. 독재국가가 아니다!
우리는 대통령 불신임을 결의한다!

루피안 주니어가 교묘한 슬로건을 외치는 동안, 나는 군중들이 던지는 썩은 토마토와 상추를 피해 도망치려 안간힘 썼다. 엄마

가 봤다면 아주 못마땅한 표정을 지으셨을 텐데.

　루피안 주니어는 가끔씩 숨을 고르고 구역질나는 돼지 같은 웃음을 날리기 위해 외침을 멈췄지만, 군중들은 쉴 생각이 없어 보였다. 그들은 대통령 관저까지 나를 쫓아왔다. 운전기사를 감옥에 보낸 것을 거의 후회할 뻔했다! 돌아올 때에도 걸어서 와야 했으니까.

차크라스 대통령은 폭군!
자신이 원하는 것만 하는 대통령!

이 나라는 변덕스러운 10대 대통령이 아니라
올바른 통치자를 원한다!

우리는 다시 루피안을 원한다!

　바로 이것이 루피안이 원하던 것이었다. 처음부터 이것이 그의 계획이었다. 내가 아무런 도움도 받지 못하도록 만들고, 모든 사람들이 나를 미워하도록 조종해서 결국 다시 대통령이 되는 것.

　이제야 알았다. 난 어쩜 그리도 바보였을까!

　나를 걱정해주는 사람들의 말을 듣지 않고 오히려 적의 편에 선 셈이었다. 최악은 나 스스로 그렇게 되도록 만들었다는 것이다. 성난 군중들이 나를 쫓아오면서 외치는 소리는 모두 진실이었다. 최근 몇 주 동안, 나는 진짜 독재자나 폭군처럼 굴었다. 그리고 그 뒤에는 사악한 루피안의 음모가 있었다. 나는 결국 루피안이 조종하는 꼭두각시 인형에 지나지 않았던 것이다.

대통령 관저로 돌아오는 길은 영원히 끝나지 않을 것만 같았다. 대문을 열어놓은 채 나를 기다리고 있던 암브로시아는 내가 입구를 지나자마자 루피안의 플래카드를 들고 소리치며 쫓아오는 군중들의 코앞에서 문을 닫아버렸다.

모르는 착한 놈보다 아는 나쁜 놈이 더 낫다!
루피안에게 다시 권력을!

대통령 관저로 들어가기 전에 뒤를 돌아보니, 루피안 주니어가 쇠문 너머에서 나한테 혀를 쏙 내밀었다.

차크라스를 학교로 돌려보내고
차크라스를 대신할 새 인물을 찾자!

이것이 결정적인 한 방이었다.

관저에 들어가자마자 참았던 울음이 터져버렸다. 증오와 슬픔, 죄책감과 후회… 여러 가지 감정이 뒤범벅된 눈물이었다. 암브로시아가 어쩔 줄 몰라 나를 쳐다봤고, 손수건으로 코를 풀며 계속 울자 두 팔로 나를 감싸 안고 기계처럼 등을 토닥였다.

"음, 에, 대통령 각하. 이제 집에 계시니 안전합니다. 젤리를 드시겠습니까?"

"아니요. 고마워요."

나는 그제야 조금 진정이 되었다.

"암브로시아, 한 가지 물어봐도 될까요?"

"물론입니다, 대통령 각하."

"왜 나를 버리지 않으셨어요? 내가 그렇게 못되게 굴었는데…."

"대통령 관저는 저의 집입니다. 저는 임기가 끝나면 바뀌는 대통령을 모시는 게 아니라, 베툴리아를 섬기고 있는 겁니다. 어쨌거나 대통령에게 등을 돌리는 건 내 나라에 등을 돌리는 거나 마찬가지지요. 그리고 10대의 대통령을 모신 적은 없지만, 저는 대통령님을 돌봐드리는 것이 좋습니다. 가져본 적은 없지만 왠지 딸 같기도 하고요."

"고마워요, 암브로시아."

암브로시아가 다시 나를 안아주기 위해 두 팔을 벌렸다. 사실, 안아주기가 그녀의 특기는 아니지만 그래도 효과는 있었다.

"대통령 각하, 음악은 모든 것을 치유한다고 항상 말씀하셨지요? 그렇죠?"

"맞아요, 암브로시아. 지금 이 상황이 음악으로 해결될지는 모르겠지만…."

"맞는지 한번 볼까요? 저를 따라오시지요."

나는 마치 독방에 들어가는 죄인처럼 얌전히 암브로시아를 따라갔다. 대통령 관저는 궁전같이 화려하지만, 지금은 감옥처럼 느껴졌다. 밖에 있는 모두가 그럴 만한 이유로 나를 증오하고 있었다. 나를 지켜줄 라모나가 곁에 없는 지금, 문을 열었을 때 갑자기 성난 누군가와 마주칠까 봐 무서웠…

어? 펠릭스 시다드?

"대-대통령 가-각하."

에우포리아의 리드 싱어가 말을 더듬거리며 예를 갖춰 인사했다. 그는 겁에 질려 있는 것 같았다.

"저-저희는 베투-툴리아의 새-새 국가를 대-대통령님께만 서-선보이고자 와-왔습니다."

"허얼! 새 국가요? 까맣게 잊고 있었어요!"

"부-부디 마-마음에 드셨으면 조-좋겠습니다. 그리고 가-감옥에 보-보내지 마-말아주십시오."

정말이지 그의 말은 나의 마음을 산산조각 냈다. 드디어 내가 사랑하는 펠릭스 시다드를 만나게 됐는데, 그런데… 나를 무서워하다니…

난 대체 어떤 괴물로 변해버린 걸까?

"으아아아아아아앙!"

나는 다시 울음을 터트렸다.

"어머, 우린 아직 시작도 안 했는데 벌써 울고 계시네."

에우포리아의 베이시스트가 대통령 전용 정원에 설치한 무대 뒤의 나뭇잎처럼 떨며 중얼거렸다.

"자 자, 애들아! 우리가 이대로 있을 순 없지!"
펠릭스 시다드가 단번에 무대 위로 뛰어 오르며 소리쳤다.
그사이 나는 의자에 앉아 눈물을 닦았다.
"하나, 둘, 하나, 둘, 셋, 에우포리아!"

베튼리아, 베튼리아, 자연의 천국.
너의 산과 강은 모두 다 특별해.
온 나라 어디에도 너의 자연이 품은 보물보다
더 큰 보물은 없어.

베튼리아, 베튼리아, 생기 넘치는 곳.
꽃이 만발한 들판에는 장미 향기
맑고 투명한 강에 가득한 물고기
우리는 그곳을 수백 번도 넘게 뛰어 다녔지.

베튼리아, 베튼리아, 자랑스러운 나라.
풍요로운 숲이 우거진 곳.
자작나무숲도 오렌지나무숲도 자두나무숲도
그 숲의 단단한 뿌리는 대지를 감싸 안네.

베튼리아, 베튼리아, 사랑하는 나의 조국.
천 번의 삶을 산다 해도 너를 사랑할 거야!

"으아아아아아앙, 으아아아아아앙, 으아아아아아앙!"

나는 울음을 멈출 수가 없었다. 불쌍한 펠릭스 시다드와 그룹 멤버들은 나의 울부짖음을 무기징역 선고로 받아들였다. 연주가 끝나자마자 좀비 떼라도 쫓아오는 것처럼 무대에 악기들을 내팽개쳐둔 채 가장 가까운 문을 향해 달리기 시작했다.

새 국가가 나를 울린 건 사실이다. 그렇지만 새 국가가 싫어서는 아니었다. 이 노래가 엄마가 사랑하는 법을 가르쳐준 모든 것들을 기억나게 만들었기 때문이다. 엄마가 반드시 지켜야 한다고 믿었던 모든 것, 하지만 내가 외면해버린 것들 말이다.

나는 국가를 운영할 아무런 준비가 되어 있지 않다는 걸 깨달

았다. 난 그저 혼자서는 세탁기의 에코 모드도 사용할 줄 모르는 열세 살의 불쌍한 소녀일 뿐이었다. 지금 내겐 엄마가 필요했다. 정말로 내가 믿을 수 있는 유일한 사람.

대통령에서 폭군으로 변해버린 지금의 나를 도와줄 수 있는 단 한 사람!

26

달걀방은 마치 폭풍이 휩쓸고 지나간 듯했다. 암브로시아
가 산더미 같은 각종 보고서와 기록물, 간행물을 이곳으
로 옮기는 걸 도와줬다. 모두 나의 임기 동안 결정된 정책들을 다
룬 것이었다. 그리고 지금 나는 대통령 전용 의자에 앉아 팔꿈치
를 테이블에 괸 채 초코우유를 마시며 이상한 이름들과 어렵고
복잡한 문장들을 해독해보려 애쓰는 중이다.

시험 전날 심오한 주제를 벼락치기로 공부하는 기분이랄까.

내가 결정했다는 대부분의 정책들이 기억나지 않았다. 그리고
심지어 그 외의 정책들은 무슨 말인지도 몰랐다.

도움이 필요했다. 보좌관들과 장관들이 필요했다. 그렇지만,
지금 내 곁엔 아무도 없다. 왜냐고? 내가 다들 감옥에 보냈으니
까. 게다가 친구들마저 없다. 아가타와 하비는 망명을 떠났다. 참
잘했어, 마르타. 그래서 잘난 나는 지금 99일의 재임기간 동안 엉
망이 되어버린 모든 것을 나 혼자 수습해야만 한다.

그러게, 시간이 어찌나 빨리 지나가는지. 벌써 대통령이 된 지도 99일이 되었다. 내겐 쏜살같이 지나갔지만 루피안에겐 그렇지 않았겠지. 그 모든 것—아르카노 골프 프로젝트를 시작하기 위해 나를 속이고, 정확히 대통령 의무 재임기간의 마지막에 신임을 잃게 만드는 것을 철저히 계획해야 했을 테니까.

1848년 선거법의 제13조 14b항은 대통령 의무 재임기간이 끝나면 베툴리아 국민들에게 새 대통령에 만족하는지를 묻는 여론조사를 하도록 규정하고 있다. 국민 대부분이 만족한다고 대답하면 모든 게 그대로 유지되어 4년간 대통령으로서 임무를 수행하게 된다. 반대로 국민 대부분이 만족하지 못한다고 대답하면 대통령에게 피에로 옷을 입혀 국경까지 까치발로 걷게 한 후, 그곳에서 엉덩이를 걷어차 나라 밖으로 추방한다. 그리고 다시 선거를 하게 된다. 국민들이 나를 어떻게 하길 원하는지는 너무나 분명해졌다. 나만의 문제라면 기꺼이 아빠 루피안한테 대통령이란 자리를 예쁘게 포장해 작은 리본까지 달아 돌려줬을 것이다.

하지만 나는 그렇게 할 수 없었다. 우선 내가 일으킨 모든 문제들을 해결해야만 했다. 대통령 관저 밖에서 항의하는 사람들을 보니 그 숫자가 결코 적지 않았다.

뉴스를 보려고 텔레비전을 켜니, 아빠 루피안이 미소 지으며 나를 반대하는 캠페인을 벌이는 동안 아들 루피안은 메가폰을 잡고 사람들을 선동하는 장면이 나왔다.

'대통령은 베툴리아 국민들을 속였으며, 그의 정책들은 믿을 만

하지 않다. 진심으로 국민들을 걱정하는 대통령 대신 10대의 무책임한 대통령이 정말 좋은가…'

나도 알고 있다, 루피안의 말이 옳다는 것을. 그래서 더 마음이 아팠다. 아빠 루피안이 원하는 것은 다른 사람들이 어떤 값을 치르더라도 자기 주머니를 채우는 것이고, 내가 그것을 막을 수 있는 유일한 사람이기 때문이다.

나는 나 자신에게 맹세했다. 그 망할 골프장 건설을 반드시 막을 것이다. 그것이 대통령으로서 할 수 있는 마지막 일이 될지라도… 그러려면 다른 모든 것들을 제자리에 돌려놓아야 한다.

대체 어디서부터 시작해야 하는 걸까.

엄마를 떠올리지 않을 수 없었다. 엄마는 무엇을 해야 할지 알 것이다. 그것만은 분명하다. 엄마가 엄청 그리웠다. 대체 어디에 계시는 걸까? 나는 방에 쌓인 거대한 종이탑을 샅샅이 뒤져 오스카가 나한테 전해줬던 쪽지를 찾아냈다.

네가 엄마랑 얘기하고 싶을 때
나를 어디서 찾아야 하는지 알고 있지?
—엄마가

나는 비명을 지르고 싶었다. 대체 왜 항상 무슨 암호처럼 비밀스럽게 말씀하시는 걸까! 엄마는 우리가 살던 집에는 계시지 않았다. 엄마를 장관직에서 쫓아냈을 때 블랑카 기자가 이미 특집

보도를 방송했다. '대통령의 어머니, 어디로 숨었는가?' 그 이후로 아무도 엄마를 보지 못했다. 집에도 안 계시다면 어디 있으신 걸까? 마스터 파타타샤다와 같이 요가 수련 중일까? 히말라야 꼭대기에 있는 절에 계시는 건가? 아니면 별나라 여행?

"으아아아아아아악!"

나는 화가 나서 쪽지를 구기며 소리를 지르고야 말았다.

잠깐.

그래, 오스카!

나의 비서관이었던 오스카가 엄마와 얘기한 마지막 사람이야. 어쩌면 그가 엄마를 어디서 찾아야 할지 알고 있을지도 몰라. 그런데 안타깝게도 오스카 역시 감옥에 있으니….

단 하루. 100일간의 대통령 의무 재임기간이 끝나기 전에 내가 저지른 문제들을 해결할 수 있는 시간은 단 하루뿐이다. 피라미드의 상형문자보다도 더 이해되지 않는 종이 더미에 갇혀 시간을 낭비할 수는 없다. 이 혼돈에서 탈출하고 싶다면 엄마를 찾아야만 한다. 그것도 지금 당장! 실행에 옮겨야 한다.

그것이 법을 어기는 것이 될지라도 말이다.

"암브로시아!"

1초도 지나지 않아 암브로시아가 나타났다.

"네, 대통령 각하."

"들키지 않고 감옥으로 들어갈 수 있게 좀 도와주세요."

"정말이십니까?"

"네. 내가 무슨 말을 했는지 똑똑히 알고 있어요."

나는 아빠 루피안이 가르쳐준 단호한 목소리로 말했다. 그러자 암브로시아의 눈꺼풀에 경련이 일며 눈을 깜빡거리기 시작했다. 그녀가 동요했을 때만 보이는 전형적인 증상이다.

"이런, 미안해요. 암브로시아. 너무 긴장이 돼서요. 놀라게 하려는 건 아니었어요. 정말로 암브로시아의 도움이 필요해요."

암브로시아가 예의를 갖춰 깊게 몸을 숙였다.

"물론입니다, 대통령 각하. 각하를 모시기 위해 제가 있는 거랍니다."

"이대로 가도 정말 괜찮을까요?"

암브로시아가 정원의 문을 열어줄 때까지 나는 백만 번쯤 묻고 또 물었다.

"솔직하게 말씀해주세요, 제발. 절대 감옥에 보내지 않을게요."

"멋지십니다, 대통령 각하."

암브로시아가 내 머리를 덮고 있는 머리장식을 마지막으로 고쳐주며 대답했다.

나는 거울에 비친 내 모습을 바라봤다. 둘 중 하나다. 암브로시아가 나를 믿지 않거나, 이상한 취향을 가졌거나. 왜냐하면 지금 내 모습은 멋지다고 보기 힘들기 때문이다.

마르타 차크라스는 다시 자작나무로 변장했다. 이유가 뭐냐고? 그러니까, 단지 언론과 분노한 국민들의 주목을 받지 않고 대통령 관저에서 빠져나가기 위해서였다. 군중들은 아직도 문밖에서 기다리며 내 머리를 장대 끝에 매달라고 외치고 있었다.

오두막에서의 첫 시도보다는 더 성공적이길 빌었다. 그때보다 변장할 시간이 훨씬 많았으니까.

나는 오후 내내 인터넷 강좌들을 보며 가짜 자작나무 몸통을 만들기 위해 시간을 보냈다. 그사이 암브로시아는 정원에 흩어져 있는 나뭇가지와 잎을 모아 자작나무 몸통에 엮었다. 그리고 얼굴에는 갈색 칠을 해서, 눈을 감고 팔을 벌린 자세로 움직이지 않으면 내가 거의 작은 자작나무처럼 보였다.

"준비되셨습니까, 대통령 각하?"

정원 문 앞에서 나의 집사가 다시 한 번 물었다.

나는 양팔을 벌리며 자신 있게 외쳤다.

"준비됐어요. 나를 밀어주세요, 암브로시아!"

대통령이 나오면 질문 세례를 퍼부으려고 기다리던 기자들 중 그 누구도, 인라인스케이트를 타고 정원 문밖으로 달려 나오는 작은 자작나무에 관심을 두지 않았다.

나는 전속력으로 달려 울창한 아르카노 숲 깊숙이 들어갔다.

첫 관문 통과! 감옥 탈출은 성공적이었다.

이제 다른 감옥으로 들어가는 일만 남았다.

옛날 지하감옥은 베툴리아에서 가장 오래된 건축물인 트루아니아 성에 자리 잡고 있었다. 트루아니아 성은 루피안 가문의 시조의 소유였던 성으로, 뾰족한 성곽으로 둘러싸여 있고 박쥐들이 가득한 요새였다. 그래도 바로 옆에 있는 건축물과 비교하면 훨씬 현대적이었다.

내가 감옥에 보낸 죄수들을 수용하기 위해 지은 새 지하감옥 역시 어떤 성에 있긴 하지만, 그 성은 일종의 풍선 성이다. 솔직히 누군가 나한테 그것이 감옥이 아니라 공포 체험관이라고 말했더라도 믿었을 것이다. 풍선 성은 네모반듯한 모양에 진한 노랑, 파랑, 분홍색으로 칠해져 있었다. 색깔이 어찌나 강렬하던지, 지나가던 다람쥐들이 그걸 보고 멀미를 할 지경이었다.

한숨이 절로 나왔다. 저런 끔찍스러운 건축물을 허가하는 서류에 내가 사인을 했었는지는 기억나지 않지만, 어쨌든 저것도 내가 저지른 많은 잘못 중 하나였다.

감옥의 경계에 다다르니 맑은 시냇물이 흐르고 있었다. 나는 얼굴의 갈색 칠을 시냇물로 씻어내고 자작나무 변장을 벗었다. 암브로시아는 변장 속에 감옥에 있는 가족을 방문하는 여자애 복장을 갖춰 입도록 했다. 또 쓰면 아무도 못 알아볼 잠자리 안경과 위조 신분증까지 줬다. 하지만 그 신분증을 어디서 구했는지는 말해주지 않았다. 대통령 관저에는 암브로시아가 집사로 일하기 전 해병대원이었다는 소문이 돌았지만, 나는 왠지 암브로시아가 국가정보원의 스파이였을 것 같은 의심이 들었다.

칙칙한 오렌지색 두건을 쓴 간수가 경례를 하며 나를 맞이했다. 그는 플라스틱 도끼를 들고 있지 않은 손으로 내 신분증을 확인하고는 못생긴 송곳니를 드러내며 웃었다.

"어서 오세요, 데지네 양. 삼촌을 보러 오셨나요?"

"음… 네, 맞아요. 오스카 삼촌을 보러 왔어요."

"저를 따라오세요."

간수가 복도를 따라 나를 안내했다. 감옥에 대한 선입견 때문인지 기분이 으스스했다. 수감자들은 연녹색 물방울무늬가 있는 오렌지색 점프슈트를 입고 있었다. 게다가 피에로 신발과 동물의 귀 모양 머리띠(강아지, 토끼, 고양이 중 선택할 수 있었다)를 두르고 있어서, 수감자들을 우스꽝스럽게 보이게 했다.

간수가 박물관의 가이드처럼 시설물들을 설명해줬다.

"오른쪽에 있는 것이 고문실입니다. 타조 깃털로 긴 시간 동안 간지러움을 태우면 죄수들이 항복을 안 할 수가 없지요. 왼쪽에 있는 것은 정원인데, 죄수들은 30분의 자유시간 동안 물구나무를 선 채로 술래잡기를 해야 합니다. 그리고 정면으로 보이는 것은 식당입니다. 여기서는 간질간질 가루를 뿌린 음식만 제공된답니다. 그리고 등 뒤로는 쥐 우리를 보실 수 있습니다."

간수가 파스텔 톤의 털에 강아지만 한 쥐들을 가리켰다.

"저녁때가 되면 감방에다 쥐들을 풀어놓습니다. 쥐들이 죄수들의 발가락을 할짝거리도록 하기 위해…."

나는 그가 하는 말에 집중하는 척했지만, 사실은 계속 얼굴을 가릴 방법을 찾고 있었다. 이 엉터리 풍선 성(진짜로 바닥이 출렁거렸다)을 돌아다니며 여러 수감자들을 지나쳤는데, 나를 알아보는 것처럼 그들이 눈을 깜빡였기 때문이다.

그들이 나를 진짜로 알아봤는지는 잘 모르겠지만, 나는 확실히 그들이 누구인지 알 수 있었다. 저쪽에는 나를 못생기게 그렸다는 이유로 갇힌 화가 셀레스테 카바예테가 의자에 묶인 채 자비를 베풀어달라고 간청하고 있었다. 조금 더 떨어진 곳에서는 정신 나간 얼굴의 미용사가 머리를 땋는 동안, 이미지 보좌관 모데스토 간치요가 분노하며 몸을 뒤틀어대고 있었다. 그는 재킷을 만들려고 치수를 재다가 핀으로 나를 찔러 감옥에 오게 되었다. 그리고 라모나 치타와 고릴라들이 있었다. 그들은 간수가 에우포리아의 노래 중 가장 긴 〈1,001편의 시〉 가사를 발바닥에 헤나로 새기는 동안, 비명 한 번 지르지 않고 참고 있었다.

거대한 복도 끝에는 미끄럼틀을 타고 들어갈 수 있는 면회실이 있었다. 안에는 색색의 플라스틱 테이블과 의자 들이 놓여 있었는데, 유치원 아이들 것처럼 아주 작았다.

"삼촌은 금방 나오실 겁니다."

간수가 나를 남겨놓고 면회실을 나갔다.

곧 작은 문으로 몸을 웅크리며 오스카가 모습을 드러냈다. 오렌지색 두건을 쓴 간수와 함께였다. 나의 옛 비서관이 쓴 머리띠에는 코끼리 귀가 달려 있었다.

"대통령 각하?"

오스카가 소스라치게 놀라 외쳤다.

"쉬이잇!"

나는 잠자리 안경을 올리며 조용히 하라는 신호를 줬다.

"목소리 낮춰요. 내가 누군지 모르게 들어왔단 말이에요."

"아, 죄송합니다." 그가 겁에 질려 대답했다. "제발 간수들한테 이르지 마세요. 독방에 가둬놓고 배가 아플 때까지 초콜릿을 먹일 거예요."

"오스카, 걱정 말아요. 사과하러 왔어요. 오스카 말이 옳았어요. 루피안이 나를 조종하고 있다는 거요. 코칭 회사는 거짓말이었어요. 그리고 골프 프로젝트도 멈추려 하지 않아요."

"저는 계속 말씀드리고자 노력했습니다, 대통령 각하. 그 프로젝트는 위험합니다."

오스카가 한숨을 내뱉었다.

"제가 할머니를 돌봐드리러 잠시 자리를 비웠던 걸 기억하십니

까? 제 할머니는 자작산맥 산기슭에 살고 계십니다. 아르카노 숲에서 가장 가까운 마을이지요. 그런데 사람들이 마을의 지반을 뿌리로 지탱하고 있는 자작나무들을 베어버리자 집 네 채가 무너졌습니다. 그중 하나가 제 할머니 집이었지요.

저는 너무 놀라 턱이 빠져버린 듯 입을 다물 수가 없었습니다. 대체 무슨 일이 일어난 건지 알 수 없었습니다. 그런데 알고 보니, 아빠 루피안이 항상 제게 오는 편지들을 먼저 뜯어보고 있었습니다. 이게 단지 우연이었을까요?"

"제가 해결할게요, 오스카. 약속해요. 하지만 그전에 도움이 필요해요."

나는 여기로 온 속사정을 털어놓았다.

"우리 엄마가 어디 계시는지 알아요? 엄마를 찾으려고 요가 센터며 절, 침술 클리닉까지 샅샅이 뒤졌는데 못 찾았어요. 혹시 하비와 아가타처럼 베툴리아를 떠나신 걸까요?"

"절대 그렇지 않을 겁니다, 대통령 각하. 저한테 쪽지를 주셨을 때 말씀하시길, 자작나무들이 항상 아름다운 곳에 있을 거라고 하셨거든요. 무슨 말씀인지 저는 잘 이해되지 않았지만 각하라면 혹시…."

자작나무들이 항상 아름다운 곳이라면…

맞아! 어쩜 그리 바보같이 몰랐을 수가 있지? 할머니, 할아버지의 오두막! 엄마가 최고의 그림들을 그리던 곳!

"정말 고마워요, 오스카!"

나는 오스카를 껴안고 볼에 입을 맞췄다. 그러자 오스카의 얼굴이 어릿광대 코처럼 벌게졌다.

조금 뒤에 떨어져 있던 간수가 신체 접촉은 허락되지 않는다는 것을 상기시키기 위해 헛기침을 해댔다.

"엄마를 찾으러 가야겠어요!"

"대통령 각하?"

내가 미니 의자에서 박차고 일어나자 오스카가 겁먹은 듯 나를 불렀다. 그리고 나의 옛 장관과 비서관 들로 가득 찬 감방을 가리켰다.

"저희를 이곳에 두실 건가요?"

"그럴 리가요, 오스카. 여러분을 풀어주려고 왔는걸요."

나는 출입구에서 받아 옷핀으로 달고 있던 방문자 신분증을 셔츠에서 떼어냈다.

오스카가 나를 쳐다보고는 눈부시게 환한 미소를 지었다.

두건 쓴 간수가 잠깐 시선을 돌린 틈을 타서 나는 옷핀의 날카로운 끝으로 감옥 바닥을 힘껏 찔렀다.

새 감옥을 풍선 성 안에 지은 것은 나쁜 생각이 아니었다.

28

그 작은 구멍으로 푸쉬쉬식 소리를 내며 공기가 빠져나가자 감옥 크기가 줄어들며 바람 빠진 비치볼처럼 쪼글쪼글 해졌다. 이어 대혼란이 벌어졌다. 알록달록한 애벌레들처럼 기어서 방을 빠져나오려는 수감자들, 그들을 붙잡기 위해 아무렇게나 가짜 도끼를 휘두르는 간수들, 공중에 흩뿌려진 기침과 눈물을 유발시키는 간질간질 가루 구름 공격까지….

다시 말해 혼돈 그 자체였다. 그렇지만 한편으로는 굉장히 신나기도 했다. 우리 모두가 밖으로 나올 때까지, 다른 사람들은 몰라도 난 즐거웠다. 그러다 문득 감옥에 갇혀 있었던(물론 내 잘못으로) 사람들이 나를 보며 수군거리고 있다는 걸 깨달았다.

나는 손을 비비 꼬며, 내가 할 수 있는 가장 착한 아이의 표정으로 말했다.

"그러니까… 여러분을 감옥에 보낸 게 후회됐어요. 그래서 여러분을 풀어주려고 온 거예요."

내 앞쪽과 양옆, 그리고 등 뒤로 예전 장관들만 있는 게 아니었다. 무시무시한 라모나 치타와 부하 고릴라들도 함께였다.

"제가 모든 걸 망쳐버린 대통령이라는 것도, 사악한 루피안의 충고를 듣지 말아야 했다는 것도 알아요. 그렇지만… 지금이라도 잘하고 싶어요. 의무 재임기간이 몇 시간밖에 안 남았지만, 루피안이 다시 권력을 잡기 전에 최대한 모든 것을 되돌리고 싶어요. 국민들은 저를 쫓아내고 새로 선거를 치르겠죠. 그럼 루피안이 당선될 게 뻔해요. 그렇지만 그 사람한테 국민들의 행복 따윈 중요하지 않아요. 물론 제겐 중요합니다. 그래서 엄마를 찾아야 해요. 엄마만이 저를 도와줄 수 있어요. 그리고…."

갑자기 눈앞이 캄캄해지며 눈물이 차올랐다. 그리고 말문이 막혀 말이 나오지 않았다.

"대통령 각하."

라모나가 내 어깨에 손을 올리며 힘찬 목소리로 말했다.

"제발 저를 벌주지 마세요."

나는 두 손을 모으고 무릎을 꿇은 채 간청했다.

"대통령 각하!"

나의 옛 경호실장이 걸걸한 목소리로 소리쳤다.

"어서 일어나십시오!"

나는 그녀의 말에 따랐다.

"저희는 대통령님께 화가 나지 않았습니다."

나와 눈을 맞추기 위해 무릎을 꿇으며 라모나가 말했다.

모데스토 간치요, 레오 가세타, 그리고 다른 보좌관들과 장관들이 그 말에 동의하지 않는다는 듯 헛기침을 했다.

"그러니까, 많이 화난 건 아니라는 거죠. 한 나라를 이끈다는 것이 아직 어린 여자애에겐 너무 무거운 책임이라는 걸 이해합니다. 또 한편으로는 잘못을 바로잡으려고 하시다니 존경스럽기도 합니다. 저희는 최선을 다해 각하를 도울 것입니다. 제가 장관들을 대통령 관저로 데리고 가도록 하겠습니다. 오스카, 각하의 어머님을 찾으러 함께 가세요."

라모나가 열쇠고리를 던지자, 오스카가 재빨리 낚아챘다.

"대통령 전용 오토바이 열쇠?" 오스카가 물었다.

"대통령 전용 비행기 다음으로 빠른 공식 교통수단이지요." 라모나가 미소 지으며 말했다. "전용기 '하늘을 나는 자작나무' 얘기가 나와서 드리는 말씀인데, 하비 장관과 아가타 장관이 돌아올 수 있도록 모든 것을 준비해놓았습니다. 한두 시간 내로 도착할 겁니다."

나는 너무 감동한 나머지 그녀의 목을 껴안지 않을 수 없었다. 그녀의 굵은 목은 두 팔로도 다 감싸지지 않았다.

"고마워요, 라모나. 정말 정말 고마워요."

"대통령 각하, 어서 어머님을 찾으러 가십시오. 앞으로 14시간 밖에 남지 않았습니다. 이렇게 낭비할 시간이 없습니다."

대통령 전용 오토바이에 올라탄 나는 코알라처럼 오스카의 등에 매달렸다. 오토바이를 난생처음 타보는 데다, 이렇게 잘생긴 훈남의 등에 껌딱지처럼 들러붙을 수 있는 기회가 날마다 오는 것은 아니기 때문이다. 그리고 사실 오토바이가 너무 빠르기도 했다. 주위 풍경이 순식간에 내 옆을 스쳐 지나갔고, 바람은 헬멧 아래로 삐져나온 머리카락을 마구 흐트러뜨렸다. 자연과의 진정한 교감으로 나는 드디어 자유를 느꼈다. 엄마도 분명 좋아하셨을 거다.(혹시 걱정할까 봐 얘기하자면, 이 오토바이는 친환경적인 태양광 오토바이로 이전에 없었던 참신한 모델이다. 아가타가 뉴욕으로 망명하기 전에 연구했던 마지막 발명품이기도 하다.)

할머니, 할아버지의 오두막이 가까워질수록 내가 엄마를 그리워하고 있었다는 것을 실감했다. 엄마가 바깥세상과 단절되어 있던 시간 동안, 그토록 좋아하는 아날로그적 정화를 하며 모든 시간을 보냈다는 데 신재생 에너지 예산 전부를 걸 수도 있다. 그렇다 해도 내가 저지른 잘못들을 알게 되면 엄마의 차크라가 닫히는 정도로 끝나지는 않을 것 같다. 곧바로 폭발해버리겠지.

뭐, 나한테 백 년 묵은 화를 내신다 해도 상관없다. 정말이지 난 입이 열 개라도 할 말이 없으니까. 오히려 그러기를 바라고 있는지도 모르겠다. 그럼 잠깐이라도 한 나라의 대통령이 아니라 아이로 돌아간 기분이 들 것 같다.

오스카가 끼익 소리를 내며 오두막 테라스 앞으로 미끄러지듯 들어가 오토바이를 멈춰 세웠다. 테라스에는 이젤에 놓인 반쯤 마른 캔버스만 덩그러니 있을 뿐 엄마 모습은 보이지 않았다.

"엄마?"

문을 열자 진한 향냄새가 나를 확 덮쳤다. 그렇지만 어디에서도 엄마의 흔적은 찾을 수 없었다.

"엄마?"

나는 다시 엄마를 부르며 텃밭의 양배추와 상추 사이사이를 샅샅이 살펴봤다. 텃밭이라기보다 채소 정글 같았다.

"차크라스 여사님?"

오스카도 입에 두 손을 대고 자작나무 숲을 향해 큰 소리로 외쳤지만, 역시 아무 반응이 없었다. 모든 것이 엄마가 조금 전까지 이곳에 있었다는 걸 말해주고 있는데 말이다.

"오스카, 이제 어쩌죠?"

나는 현관 벽에 등을 기대고 앉아 팔로 무릎을 감싸 안았다.

"혼자서도 완벽하게 해낼 거라고 생각했어요. 스스로 결정을 내릴 만큼 충분히 컸다고 믿었으니까요. 하지만 한 거라곤 실수뿐이네요. 그리고 이젠 저 혼자고요."

"넌 혼자가 아니야, 마르타."

등 뒤로 익숙한 목소리가 들려왔다.

목소리의 주인공이 나를 껴안았고, 나는 엄마의 비즈 목걸이와 사각거리는 옷, 향초와 로즈마리 에센스 오일의 향기에 파묻혔다. 엄마는 집 뒤에 있는 늙은 자작나무에 올라갔던 게 틀림없다. 내가 아기였을 땐 거기서 함께 해 지는 풍경을 보는 걸 좋아했는데… 너무 오래전의 일이라 까맣게 잊고 있었다.

"넌 절대 혼자였던 적이 없단다."

"엄마!" 나는 소리쳤다. "엄마, 죄송해요. 죄송해요죄송해요죄송해요! 엄마가 옳았어요, 엄마 말이 다 맞았어요. 제가 엉망진창으로 만들…"

"딸, 어떻게 망치지 않을 수 있겠니? 넌 세탁기도 에코 모드로 돌릴 줄 모르는데."

"엄마!"

오스카도 웃고, 나도 웃고, 엄마도 웃음을 터트렸다.

시간이 많이 남지 않았지만 함께라면 분명, 루피안이 낡은 걸레처럼 더럽히고 쥐어짜기 전에 이 나라를 깨끗이 세탁해 말리고 다림질까지 끝낼 수 있을 것이다.

오스카와 내가 타고 온 태양광 오토바이는 전혀 환경을 오염시키지 않는다고 엄마를 설득하는 데 거의 20분이나 걸렸다. 드디어 성공하자 오스카가 버튼을 눌렀고, 오토바이 왼쪽 옆에서 우주 캡슐 모양의 사이드카가 쏙 튀어나왔다.

엄마는 눈을 감고 수영장에라도 들어가는 것처럼 숨을 들이마시더니, 인생에서 가장 불행한 순간을 맞이할 준비를 끝낸 듯 사이드카 안으로 들어갔다. 그런데 오스카가 시동을 걸고 달리기 시작하자 엄마의 표정이 달라졌다. 커브 길에서는 산꼭대기에라도 오른 사람처럼 양팔을 뻗어 바람을 맞으며 입을 크게 벌렸다.(여러분이 엄마를 봤어야 하는데, 좋은 구경을 놓쳤다.)

우리는 대통령 관저에 금세 도착했고, 나의 옛 장관들은 우스꽝스러운 죄수복을 갈아입을 시간조차 없었다. 엄마는 그 옷들의 강렬한 색에 눈이 멀지 않도록 눈을 가리며 집무실로 들어갔다. 문 옆에서 기다리던 암브로시아가 평소같이 경계하는 눈으로 엄마를 곁눈질했지만, 엄마를 무시하는 대신 인사를 건넸다.

"안녕하셨습니까, 차크라스 여사님."

알록달록한 옷들로 가득한 달걀방은 별똥별들의 무도회장 같았다. 특히나 반짝거리던 두 개의 별이 서류 더미 미로를 헤치며 기차처럼 나를 향해 돌진하더니 나를 에워쌌다.

"하비! 아가타!"

나는 빠져나오려 애쓰며 소리쳤다.

"너희가 와줘서 정말 정말 기뻐!"

"제시간에 오려고 '하늘을 나는 자작나무' 엔진을 내가 조금 손봤지." 귀 뒤에 있는 드라이버를 보여주며 아가타가 말했다. "난 망명 후 항공우주국에서 청소년을 위한 수업을 들었어."

"헐~ 하비 너도 이 제정신 아닌 애가 고친 비행기를 타고 온 거야?"

"어. 아가타가 비행기에 오븐이랑 핸드 블렌더를 설치해줬거든!"

하비가 열정적으로 외쳤다. 그리고는 주머니에 손을 넣어 포장지에 싼 동글동글한 캐러멜 같은 것들을 꺼냈다.

"내가 오는 길에 만든 거야. 한번 먹어봐."

나는 바로 한 개를 집어 포장지를 벗기고 입에 넣었다. 입 안 가득 퍼지는 풍미에 눈물이 찔끔 났다.

"음, 고추를 넣고 솔트 캐러멜 크림으로 속을 채운 미니 초콜릿이구나."

"엄청 마시찌, 그찌?"

초콜릿으로 코팅된 이를 드러내며 아가타가 웃었다.

내가 친구들을 얼마나 그리워했는지, 다시 그 애들을 보기 전까지는 깨닫지 못하고 있었던 것 같다. 나 때문에 망명까지 해야 했는데도 둘 다 나를 위해 기꺼이 돌아와줬다는 안도감에 나는 그저 행복하기만 했다. 자꾸 웃음이 새어 나왔다.

"에헴… 대통령 각하… 에헴, 에헴…" 오스카가 열심히 헛기침을 해댔다. "감격스러운 상봉의 순간을 방해하고 싶지 않습니다만…"

"우리에겐 시간이 얼마 없죠. 알아요."

나는 달걀방 테이블 앞에 앉아 마스터 파타타샤다의 요가 센터에 장식된 작은 조각상들처럼 팔이 아홉 개 달린 힌두 여신으로 변신했다. 장관들이 최근에 작성한 서류들을 검토하고 사인하고 전화를 주고받았다. 이 모든 것을 동시에 해냈다.

물론, 당연히 엄마와 상의 없이는 단 한 자도 쓰지 않고, 단 한 마디도 하지 않았다. 중국 비단으로 된 튜닉 드레스를 입고 내 등 뒤에 서 있는 엄마는 나의 수호천사 같았다.

"엄마, 숙제를 다시 합법화하면 어떨까요?"

피사라 교육부 장관이 폐지해야 한다고 생각하는 정책들의 리스트를 내 앞에 들이밀자, 나는 바로 엄마한테 의견을 물었다.

"아주 바람직한 것 같구나, 사랑하는 내 딸."

"그리고 대통령에 반대하는 모든 사람을 감옥형에 처한다는 법률도 없애야겠어요."

나는 베르두고 법무부 장관이 테이블 위에 두고 간 서류를 살피며 엄마한테 설명했다.

"그래, 현명한 생각 같구나."

"그리고 주사요법 금지에 관한 것도 당연히 삭제해야겠죠?"

이번에는 바타 보건부 장관이 바리셀라 확산을 조사한 보고서였다. 바리셀라는 면역이 되지 않은 상태에서 감염되면 배가 불룩한 항아리처럼 되는 신종 질병이다.

"엄마 생각엔 네가 옳은 것 같아."

"또, 공휴일 53개는 **빼야** 할 것 같아요. 조이스틱 성인의 날, 비디오 게임 수호성인의 날 같은 것 말이에요. 그리고 초콜릿의 날 역시 기념할 필요까지는 없을 것 같아요."

데 라 렌타 경제부 장관이 주고 간 생산성 하강 그래프를 연구한 끝에 내가 내린 결론이었다.

"그렇지만 위대한 자일리톨의 날은 그대로 두고요. 어때요?"

"좋아." 엄마가 미소 지으며 대답했다.

이렇게 모든 장관들이 줄을 지어 개선될 수 있는 것들에 관한 보고서와 제안서를 들고 왔다. 내가 사인해야 할 서류들이 너무 많아서, 암브로시아가 대통령 전속 물리치료사를 불러 내 손을 마사지하게 할 정도였다.

압박감과 시간에 쫓기고 있는데도 엄마는 아주 꼼꼼히 안건들을 검토한 뒤 침착함을 잃지 않고 차근차근 설명해줬다. 요가와 명상에 투자한 그 많은 시간이 드디어 빛을 발한 것이다. 엄마에겐 총체적 위기에서 나라를 구할 마르지 않는 인내심과 침착함 주머니가 있는 게 틀림없다.

내가 마지막 전화 통화를 끝냈을 때는 임기 99번째 날, 23시 59분이었다.

"다 끝났어요."

완전히 지쳐버린 나는 소파 위에 몸을 던졌다. 산더미 같던 서류들이 사라지고, 엄마와 나만 남겨둔 채 집무실은 완벽하게 깨끗해졌다.

"방금 전 코르초 대통령, 로블레달 대통령과 통화했어요. 사람

들을 감옥에 가뒀던 건 청소년기의 호르몬 불안정 때문이었다고
설명드렸어요. 그러자 UNA 긴급회의를 취소해주셨어요. 정말 다
행이에요. 국제재판소에서 저를 재판하려고 했거든요."

엄마와 나는 안도의 숨을 내쉬었다.

"고마워요, 엄마. 우리가 이 모든 걸 되돌려놓았다는 게 믿기지
가 않아요. 불가능할 거라고 생각했거든요. 정말 엄마가 없었다
면 할 수 없었을 거예요."

"나-나-나하-한테 고-고-고마워 하-하지 아-않아도오 돼
에에에."

엄마가 떨리는 목소리로 대답했다.

"엄마, 괜찮아요? 왜 말을 더듬어요?"

"아-안 더-더듬어. 그-그게-에 따-땅이-이 흐-흔들-리고
이-있는-거야-아."

마지막 남은 힘을 쥐어짜서 창문을 내다본 순간 우리는 기절할
뻔했다. 땅은 지진 때문에 흔들리고 있는 게 아니었다. 거대한 벌
목기가 아르카노 숲을 향해 돌진하고 있었다.

"구급상자에서 로즈마리 에센스 오일을 찾지 못했습니다, 대통령 각하."오스카가 미안해하며 말했다. "대신 미니바에 이게 들어 있었습니다."

오스카 비서관이 건네준 풀색 액체가 가득 찬 작은 크리스털 병에는 '죽은 자도 벌떡'이라고 쓰여 있었다.

나는 대체 이게 뭔지 살펴보기 위해 어깨에 힘을 잔뜩 주고 뚜껑을 열었다. 그러자 테이블에 놓여 있던 시든 튤립들이 단번에 다시 싱싱해졌다.

"내 생각엔 효과가 있을 것 같아요."

나는 엄마의 코밑으로 병을 흔들었다.

곧바로 눈이 커지고 마라톤을 뛰고 온 사람처럼 숨을 몰아쉬며 엄마가 깨어났다.

"엄마?"

"이건 그냥 악몽이라고 말해줘."

나는 아무 말도 할 수 없었다.

"마르타, 제발, 네가 아르카노 골프 프로젝트를 중단시켰다고, 아빠 루피안이 나무 베기를 시작한 게 아니라고 말해줘."

나는 또다시 침묵했다.

"마르타, 제발 말 좀…."

"차크라스 여사님, 제 생각에는 대통령께서 이 행정적인 침묵으로 말씀하고 싶어 하시는 것은 그러니까…."

"마르타가 직접 말했으면 좋겠군요." 엄마가 단호하게 말했다.

하지만 내게 대답할 시간은 주어지지 않았다. 바로 그때 바닥이 다시 흔들리기 시작했고, 이번엔 훨씬 더 강한 진동이 느껴졌기 때문이다.

유리창에는 금이 갔고, 바닥은 반으로 갈라져버렸다. 오스카는 놀란 토끼처럼 그 자리에 얼어붙어 꼼짝하지 않았고, 엄마는 정신이 우주여행을 하고 있는 듯 보였다. 내가 나서는 것밖엔 방법이 없었다. 올림피아 체육 선생님이 나를 보셨어야 하는 건데… 그랬다면 체육 과목 만점을 주셨을 텐데….

나는 엄마의 튜닉 드레스와 오스카의 양복 깃을 꽉 움켜잡고는 달걀방이 무너지기 전에 몸을 피했다.

바닥에서 일어나 정신을 차리려고 애쓰는데, 정원에서 가슴 찢어지는 듯한 비명 소리가 들려왔다.

대통령 관저에 남아 있던 사람은 오스카와 엄마, 나, 그리고…

"암브로시아!"

나는 아래 계단으로 달리며 소리쳤다.

정원으로 나가면서 집무실의 무너진 잔해들이 덮쳐서 암브로시아가 깔린 거라고 생각했다. 하지만 다행히 그런 일은 일어나지 않았다.

암브로시아는 바닥에 무릎 꿇고 앉아서 장갑 낀 손으로 머리카락을 쥐어뜯으며 울부짖고 있었다. 그녀를 알아온 지난 100일 동안 단 한 번도 감정을 드러내는 것을 보지 못했다. 그런데 지금, 틀어막고 있던 뚜껑이 열려버린 것처럼 한꺼번에 쏟아져 나오고 있었다.

"대통령 관저가 무너지고 있습니다, 대통령 각하! 여긴 제 집입니다. 제 유일한 집이에요! 이렇게 무너지게 놔둘 순 없습니다!"

"이미 늦은 것 같네요." 마음이 아픈 듯 엄마가 중얼거렸다.

우리는 관저를 받치고 있던 기둥들이 갈라지며 휘청거리기 시작하는 것을 지켜봤다.

"이런 사태를 막기 위해 네가 아무 노력도 하지 않았다는 걸 믿을 수가 없구나, 마르타."

엄마 역시 슬픔과 화가 뒤섞여 울고 있었다.

세상에, 대체 내가 무슨 짓을 한 거지?

아니, 무엇을 하지 않은 거야?

"엄마, 정말 일부러 그런 건 아니에요. 엄마를 쫓아냈을 때, 루피안이 저를 꼬드기려고 골프장 건설엔 더 이상 관심이 없다고 했어요. 저를 속인 거죠. 그리고 착공식에 저를 초대했어요. 저는 그곳에서 임기가 끝나기 전에 아르카노 골프 프로젝트를 중단시키겠다고 결심했어요. 그게 바로 어제였죠. 그다음엔 나라를 안정시키기 위해 여러 문제들을 해결해야만 했어요. 혹시라도 루피안이 선거에서 다시 이겨서….”

“마르타, 나라가 가라앉는 걸 막는 것보다 더 중요한 게 있을까?”

엄마는 눈물 콧물 범벅이 되어 울면서 암브로시아를 끌어안고 있었다. 지금 두 사람은 한 가지 공통된 이유로 뭉쳐 있었다.

“말뿐일 거라고만 생각한 거야?”

“알아요, 알고 있다고요! 다시 말해주실 필요 없어요. 의무 재임기간은 끝났지만 그래도 아직 멈출 수 있어요! 오스카, 대통령 전용 오토바이를….”

하지만 나의 비서관은 꼼짝도 하지 않았다. 그의 얼굴은 공포로 눈이 접시만큼이나 커져 있었고 입은 벌어져 있었다. 나는 오스카가 내 등 뒤에 있는 뭔가를 보고 있다는 것을 깨달았다.

뭔가 거대한 것.

뒤를 돌아보니 집채만 한 벌목기가 나를 향해 돌진하고 있었다. 그 지옥의 기계에는 사방에 톱이 달려 있었고, 운전석에는 아빠 루피안과 아들 루피안이 앉아 있었다.

“어이, 꼬맹이 차크라스. 우리 새 차가 맘에 들어?”

아들 루피안이 돼지같이 컹컹 웃으며 물었다.

“타보라고 하고 싶지만 석유로 움직이는 차라서 말이야. 달걀

한 개만큼 오염되겠지만 너한텐 그것도 큰일 나는 일이잖아!"

"나쁜 녀석!"

나는 분노가 치밀어 올랐다.

"사람들이 너희 두 사람을 화성으로 쫓아내버리면 어떤 멍청한 표정을 지을지 다들 보게 될 거야! 난 아직 대통령이고 이 망할 프로젝트를 곧바로 중단시킬…."

그러자 아빠 루피안이 콧수염 아래로 사악한 이를 드러내며, 사막의 독사 같은 목소리로 빈정거렸다.

"넌 아무것도 할 수 없단다."

아들 루피안이 기분 나쁜 웃음을 터트리며 벌목기 위에서 나를 손가락질했다.

"넌 졌어, 꼬맹아. 프로젝트를 발표한 날로부터 100일 안에 넌 프로젝트를 중단시키지 않았어. 프로젝트 발표 날은 정확하게 네가 임기를 시작한 날과 똑같아! 100일이 지나면 그 누구도 공사의 시작을 막을 수 없어. 그게 법이야!"

"아무렇게나 지어내지 마! 그게 사실일 리 없어!"

"사실이야…." 엄마가 힘없이 중얼거렸다.

등줄기가 오싹했다.

그럴 수는 없다. 무엇이든 그것을 멈출 방법이 있어야만 한다. 내가 대통령이라고!

"그것만으로 충분치 않다면 또 한 가지, 이 프로젝트의 머릿돌을 놓은 사람이 바로 차크라스 대통령이라는 거지. 1848년의 선거법 제13조 14b항에 따르면 '대통령에 의해 개시된 모든 프로젝트는 즉시 보증되며 영원토록 합법이다'. 아멘."

"그럴 수가!"

어느새 내 눈에 눈물이 가득했다.

"사실이야!" 아들 루피안이 다시 크게 웃었다. "넌 아무것도 할 수 없어, 차크라스! 우리가 숲을 밀어버리고 골프장을 건설하게 놔둘 수밖에 없을걸. 네가 그걸 허락했으니까 말이야. 더 이상 귀찮게 굴지 마!"

허탈감이 밀려오면서 순간, 몸을 날려 루피안의 목을 조르고 싶은 충동을 느꼈다. 하지만 엄마와 암브로시아가 동시에 "마르타!", "각하!" 하고 외치며, 살인을 저지른 첫 대통령으로 역사에 남기 전에 내 팔을 붙잡았다.

"헥토르, 하지 말아요!" 엄마가 간절히 말했다. "베툴리아는 당신의 조국이에요. 로카 박사의 보고서가 옳았어요."

그러고는 대통령 관저의 무너져 내린 곳을 가리켰다.

"늦기 전에 이 미친 짓을 멈춰요."

"이 나라가 가라앉든 말든 나랑 상관없어."

아빠 루피안이 아들한테 앉으라고 명령하고는 다시 벌목기의 시동을 걸었다.

"골프장을 건설하면 난 훨씬 더 부자가 될 거야. 누군가는 당신 딸이 부숴버린 이 나라를 재건해야 하지 않겠어?"

"이 사악한 인간들!"

오스카, 암브로시아, 엄마와 내가 동시에 외쳤지만 루피안 부자는 우리의 말을 들을 수 없었다. 벌목기의 윙윙 소리와 함께 그들은 돼지 같은 웃음을 날리며 베툴리아 땅의 버팀목인 아르카노 숲을 밀어버리려고 거침없이 돌진했다.

나는 주위를 둘러봤다. 땅이 흔들리면서, 건물들이 놀란 두더지들처럼 지평선에서 조금씩 사라져가고 있었다.

엄마와 암브로시아, 오스카는 얼어붙은 채 그 광경을 무기력하게 지켜보고 있었다. 그리고 나, 베툴리아 최악의 대통령은 아무것도 할 수 없었다.

아니지.

항상 방법은 있어.

"오스카, 핸드폰 가지고 있어요?"

나의 비서관이 혼란스러운 표정으로 나를 쳐다봤지만 곧 고개를 끄덕였다.

"동영상을 찍어주세요! 아니, 제 자작나무그램 공식 계정으로 전국에 생방송을 해야겠어요!"

오스카가 카메라 초점을 나한테 맞춘 뒤, 방송 준비가 되었다는 신호를 보냈다.

"269만 명이 접속 중입니다."

"좋아요."

나는 대통령다운 얼굴을 하며 생방송을 시작했다.

"친애하는 국민 여러분, 여러분의 대통령 마르타 차크라스입니다. 알고 있습니다. 이미 대통령으로서의 시험 기간은 끝이 났고, 많은 분들이 저한테 만족하지 못하고 있다는 것을요. 당연합니다. 저조차도 그러니까요.

하지만 이젠 깨달았습니다. 권력을 행사한다는 것은 하고 싶은 대로 하는 것이 아니라, 사람들에게 더 좋은 삶을 살 수 있다는 믿음을 주는 것이라는 사실을 말입니다. 엄청난 책임이 따름에도 저는 그 책임을 다하지 못했습니다. 이기적이었고, 변덕스러웠으며, 여러분 모두를 위험에 빠뜨렸습니다."

오스카가 루피안 부자가 손을 흔들며 인사하고 있는 벌목기로 카메라를 돌렸다.

"헥토르 루피안은 아르카노 골프 프로젝트의 승인을 위해 저를 속였습니다. 하지만 아르카노 숲은 베툴리아 국민 모두가 매일 밟고 있는 이 땅을 지탱해주고 있습니다. 만일 그 천년의 자작나무 숲을 잃어버린다면 우리나라 또한 잃게 될 것입니다.

저는 그렇게 되도록 두지 않을 것입니다. 이제 더는 대통령으로서 막을 수 없다 해도 한 사람의 국민으로서 온 힘을 다해 마지막까지 싸울 것임을 여러분께 맹세합니다. 베툴리아를 위하여!"

엄마와 암브로시아는 슬픔의 눈물을 흘리며 계속 서로를 꼭 끌어안고 있었다. 오스카는 할머니와 다른 가족들이 무사한지 확인하기 위해 자작산맥의 할머니 댁으로 통화를 시도하고 있었다. 나는 SNS에 올린 방송을 펠릭스 시다드와 에우포리아 멤버들이 공유한 것을 보고, 마음을 가라앉히려 노력 중이었다. 그 메시지가 불안감을 없애줄 수 있기를 기대했지만, 발밑의 땅은 여전히 흔들리며 무너져 내리고 있었다.

꽝음과 함께 땅이 다시 한 번 흔들렸고, 오스카와 암브로시아와 엄마가 바닥으로 쓰러졌다. 그런데 그 지옥에서 들려오는 듯한 소리는 아빠 루피안이 아르카노 숲으로 보낸 벌목기 군단에서 나오는 소리가 아니었다. 대통령 관저의 정원 위를 돌며 착륙을 시도하는 헬리콥터의 프로펠러 소리였다.

"우리한테 대통령 전용 헬리콥터가 있었는지도 몰랐네요."

장갑 낀 손으로 눈물을 닦으며 암브로시아가 중얼거렸다.

강력한 프로펠러를 장착한 잠자리 모양의 이상한 비행 물체에서 나의 장관들과 내 절친 아가타를 무척이나 닮은 작은 형체가 내려왔다.

"자, 제가 설계한 승리의 자작콥터를 여러분께 소개합니다!"

내 절친이 자랑스럽게 외쳤다.

"아가타, 이 진동 좀 어떻게 해봐." 하비가 투덜거렸다. 하비는 얼굴이 새파랗게 질려 두 손으로 배를 움켜쥐고 있었다. "오늘 먹은 북경오리 쌈이 넘어오기 직전이라고."

"아니, 대체 이 사람들은 여기서 뭐 하는 거야?" 엄마가 걱정스러운 듯 물었다. "땅이 가라앉고 있는데! 우리가 해야 할 일은 여기서 빨리 빠져나가는 거야!"

"선장은 제일 마지막으로 배를 떠나는 사람이에요. 시민들을 구조하기 위해 제가 긴급 각료회의를 소집했어요."

오랫동안의 요가와 명상으로 제3의 눈을 가진 엄마는 바로 나의 의도를 눈치챘다.

"넌 그 회의에 참여하지 못할 거야. 왜냐하면 넌…."

"제 마지막 선거 공약을 지키고 있는 거예요, 엄마."

나는 헬리콥터에 오르며 말했다.

"승리의 자작콥터가 지금 출발하면 루피안의 벌목꾼들보다 먼저 아르카노 숲에 도착할 수 있어요."

"그건 너무 위험합니다, 대통령 각하." 오스카가 외쳤다. "어떻게 각하 혼자 그 거대한 벌목 기계들과 싸우신다는 겁니까?"

"대통령님은 혼자가 아니거든요."

엄마와 암브로시아가 각각 나의 왼쪽과 오른쪽에 서며 동시에 외쳤다.

그리고 그 옆으로 다른 사람들도 합류했다. 파자마 차림으로 달려온 하비와 아가타 장관, 군용 헬리콥터 '킹콩 1'에서 방금 내린 라모나 경호실장과 고릴라들… 이 임무를 위한 지원자가 너무 많아서 누가 나와 함께 갈지, 누가 남아 구조 계획을 짤지 제비뽑기를 해야만 했다.

드디어 헬리콥터가 이륙했다.

"행운을 빕니다, 대통령 각하."

지상에서 바타 장관, 피사라 장관, 데 라 렌타 장관이 손을 흔들며 성공을 빌어줬다.

그들은 커다래진 눈으로 나를 올려다보며 침을 삼켰다. 아마 지금 나와 같은 생각을 하며 잔뜩 긴장하고 있을 것이다.

베툴리아의 운명이 우리 손에 달려 있다는 것을.

벌목기의 운전대를 잡은 루피안 부자는 도끼를 쥔 원숭이보다도 더 위험해 보였다. 다른 벌목꾼들은 나무들을 순서에 따라 전문적으로 하나하나 베어 나갔다. 그런데 루피안 부자는… 그들이 운전하는 벌목기는 기계톱으로 무장하고 카페인을 과다 섭취한 영화 속의 미친 살인마 같았다. 통제 불가능이었다.

하늘에서는 습격을 당한 나무들이 볼링 핀처럼 쓰러져가는 게 선명히 보였다. 땅과 뿌리들은 짝 잃은 양말들이 뒤섞인 서랍보다도 더 뒤엉켜 있었다. 공포에 떨며 도망치는 불쌍한 다람쥐들은 털이 듬성듬성 잘려 있었다. 굳이 환경보호주의자가 아니더라도, 우리 엄마처럼 지구상의 모든 생명체 보호에 집착하는 사람이 아니더라도 지금 펼쳐지고 있는 이 장면에 심장이 조각조각 찢어지지 않을 사람은 없을 것이다.

승리의 자작콥터를 타고 간 시간은 짧았지만 우리는 최대한 그 시간을 이용했다. 어디든 잡동사니가 가득 든 가방을 가지고 다니는 4차원 소녀 아가타는 고무줄놀이를 할 때 사용하는 고무줄과 자전거 핸들로 거대한 새총을 만들었다. 그리고 혹시라도 가는 길에 배가 고플까 봐 식초에 절인 달걀을 덮은 블루치즈 머핀 한 상자를 가져온 하비는 머핀을 새총의 총알로 썼다.

"치즈 폭탄 나가신다!"

아가타가 승리의 자작콥터 창밖으로 벌목기들을 향해 머핀을 발사하며 소리쳤다.

퀴퀴한 냄새가 나는 머핀들이 벌목기의 앞유리창에 떨어지며 청록색 크림 폭발을 일으켰고, 벌목꾼들은 크림 파편들을 다 닦아내는 동안 기계를 멈춰야만 했다. 우리는 작은 목적을 달성하는 데 성공했지만, 가장 무자비한 루피안 부자는 미꾸라지처럼 우리의 공격을 빠져나갔다.

나는 언제 착륙해서 그들을 붙잡아야 할지 종잡을 수 없었다. 안절부절못하는 내 모습은 꼭 팔짝거리는 벼룩 같았다.

헬리콥터가 착륙하자 나는 아가타가 설계한 터보 엔진이라도 단 듯 즉시 뛰어 나갔다. 하지만 앞을 보지도 않고 정신없이 달리다가, 그만 뭔가에 부딪혀 쓰러지고 말았다. 뭔가 금속으로 된 단단하고 거대한 것.

바로 루피안 부자가 운전하는 벌목기였다.

나는 얼른 일어나 단단히 팔짱을 끼고 벌목기 앞에 섰다.

운전대를 잡은 아빠 루피안이 급히 브레이크를 밟았다.

"야, 꼬맹이! 저리 안 비켜! 납작해지기 싫으면 말이야."

고개를 내밀며 아들 루피안이 소리쳤다.

"못 비켜. 계속하고 싶으면 나를 뭉개고 지나가야 할 거야."

"완전 멍청이잖아!"

녀석이 돼지 같은 소리로 나를 비웃었다.

"고작 나무 몇 그루 살리겠다고 정말 묵사발이 돼도 괜찮다는 거야? 나무야 다시 심으면 되지. 나무들은 자란다구. 과학 시간에 배웠잖아! 우리가 나무를 자르는 게 너랑 무슨 상관이야?"

"두 사람 눈엔 이게 안 보여요?"

나는 절망에 가득 차 외쳤다.

"지금 무슨 짓을 저지르고 있는지 모르겠어요? 이 나무들은 보통 나무들이 아니란 말이에요. 이 나무들은⋯."

"베튤리아의 버팀목이지. 이 나라를 지탱해주는."

어느 틈에 다가온 엄마가 나 대신 말을 마쳤다.

"우리한테 또 국가라도 불러주려고?" 아빠 루피안이 받아쳤다. "차크라스, 당신은 정말 피곤한 여자야. 20년 동안 똑같은 소리를 하고 있으니 원."

"헥토르 루피안." 엄마가 우리 주변의 땅에 생긴 구멍들을 가리켰다. "당신은 말 그대로 이 나라를 침몰시키고 있어."

"난 이 나라를 일으켜 세우고 있는 거라고! 바보 얼간이 같으니! 골프장이 얼마만큼의 일자리를 만들어낼지, 돈 많은 관광객

들이 골프장에 뿌리고 갈 돈이 얼마일지 알기나 해? 지금 무너지고 있는 건물들을 다시 건설하기 위해 얼마나 많은 인부들이 고용될지 알기나 하냐고! 이게 다 베퉄리아를 위한 최선의 방법이야!"

"당신만을 위한 거겠지! 자연을 파괴하지 않고도 경제를 다시 일으킬 방법은 얼마든지 있어!"

"환경보호를 빙자한 그런 유언비어들, 이젠 지긋지긋해."

아빠 루피안은 우리를 밟고 지나가 '차크라스 죽'으로 만든다 해도 전혀 상관없다는 표정이었지만, 결국 우리를 피하기 위해 운전대를 꺾었다.

"더구나 당신들은 우리가 숲의 나무를 베는 걸 막을 수 없어. 이 프로젝트는 대통령의 승인을 얻었단 말이지!"

"네가 자초한 일이야, 나무 껴안기 대장."

아들 루피안이 그렇게 소리치고는 혀를 내밀어 방귀 소리를 흉내 냈다.

나무 껴안기 대장… 뭐?

엄마와 나는 서로를 바라보며 웃었다. 그리고 우리가 그 별명을 얼마나 자랑스러워하는지 보여주기 위해 달려 나갔다. 루피안 부자가 향하던 가장 오래된 나무의 왼쪽은 내가, 오른쪽은 엄마가 껴안았다. 나는 자연과의 이 교감의 순간을 즐겨보려고 두 눈을 감았다.

그런데 뭔가 손에 닿는 감촉 때문에 곧바로 눈을 떴다. 분명 엄마의 손은 아니었다. 우리 두 사람이 팔로 감싸 안기에는 자작나무의 몸통이 너무 굵었다. 옆을 보니, 내 오른손에 닿은 것은 바로 아가타의 손이었다. 그리고 내 왼쪽으로는 하비가, 그 옆에는 오스카가 있었다. 엄마는 한 손은 암브로시아한테, 다른 손은 라모나한테 내밀고 있었다.

"아니, 이게 뭐야? 모두들 단체로 미치기라도 한 거야 뭐야?"

아들 루피안이 화가 나 투덜거렸다.

'단체로'라고? 우리가 그렇게 많은 숫자는 아닐 텐데….

나는 주위를 둘러봤다. 우리는 어느새 수천 명쯤 되어 보이는 사람들에게 둘러싸여 있었다. 대통령 관저에 모여 있던 베틀리아 국민들이 승리의 자작콥터를 따라 아르카노 숲의 심장부까지 온 것이다. 예전에 내가 주재했던 어떤 공식 행사에도 이렇게 많은 사람들이 참여한 적은 없었다.

"대통령님, 저희가 도와드리러 왔습니다!" 양복을 입은 신사가 소리쳤다.

"아르카노 숲을 구하러요!" 양팔에 문신을 새긴 여자가 말을 보탰다.

"우리나라의 버팀목이니까요." 파란색 머리 청년이 외쳤다.

"우린 이 나라가 가라앉도록 놔두지 않을 거예요!" 핑크색 머리를 두 갈래로 땋아 내린 소녀도 외쳤다.

"그게 우리의 생명을 갉아먹는 일이 된다 해도 말입니다." 이번엔 지팡이를 든 할머니가 소리쳤다.

"베툴리아를 위하여!"

이곳에 모인 모든 사람이 마치 한 목소리인 듯 외쳤다. 그리고 인간 울타리를 만들어 나무를 보호하려고 서로의 손을 잡았다.

"넌 이 프로젝트를 중단시킬 수 없어, 차크라스!"

아빠 루피안이 성난 원숭이처럼 운전대를 내려치며 항의했다.

"이건 불법이라고!"

벌목기가 우리, 그러니까 오스카, 하비, 아가타, 라모나, 암브로시아, 엄마, 그리고 내가 지키고 있던 자작나무 바로 앞에 멈춰 섰다.

"내가 막고 있는 게 아니에요, 루피안."

나는 큰 소리로 대답했다.

"베툴리아 전체가 반대하고 있는 거죠. 이게 국민들이 원하는 거라고요!"

아들 루피안이 갑자기 어린애처럼 울기 시작했고, 아빠 루피안은 얼굴이 벌겋게 달아올라 귀로 수증기를 뿜어내기 시작했다. 끓어올라 삐익 소리를 내기 직전의 냄비처럼 말이다.

두 사람은 화가 나 분통을 터트렸지만 더 이상 아무것도 할 수 없었다. 국민들의 뜻이니까. 벌목기를 뒤로 돌리는 것 외에는 다른 방법이 없었다.

드디어 숲에서 벌목기가 다 사라지고 악몽이 끝났다고 생각한 순간, 하늘을 찢는 듯한 커다란 굉음이 울려 퍼졌다. 우리는 미어캣처럼 동시에 앰프 소리가 나는 방향으로 고개를 돌렸다.

오케이, 여러분이 제대로 이해한 것이 맞다. 앰프 소리.

에우포리아 멤버들이 아직까지 단단히 버티고 있는 숲의 한 곳에 간이 무대를 설치한 것이다.

"대통령님!" 펠릭스 시다드가 외쳤다. "저희도 대통령님의 큰 뜻을 지지하기 위해 왔습니다. 약간의 음악으로 말입니다."

그가 밴드 멤버들에게 신호를 보내자, 베툴리아의 새 국가가 연주되기 시작했다.

마지막 소절을 노래할 때는 내 눈에서 눈물이 쉴 새 없이 흘러내렸다.

베툴리아, 베툴리아, 자랑스러운 나라.
풍요로운 숲이 우거진 곳.
자작나무숲도 오렌지나무숲도 자두나무숲도
그 숲의 단단한 뿌리는 대지를 감싸 안네.

펠릭스가 나한테 무대 가까이로 오라는 몸짓을 했다.

"저요? 정말요? 근데, 저는 노래를 못하는데요."

나는 부끄러워 어쩔 줄을 몰랐다.

"바보같이 굴지 말고 가!"

아가타와 하비가 나를 가볍게 밀었다.

펠릭스가 나한테 마지막 두 소절을 부르도록 마이크를 건네줬다. 순간 번뜩 생각이 떠올라, 나는 마지막 가사를 바꿔 불렀다.

베튤리아, 베튤리아, 사랑하는 나의 조국.
천 번의 삶을 산다 해도 너를 파괴하도록 놔두지 않을 거야.

이곳에 모인 베튤리아 국민들이 열정적인 박수를 보내자 베튤리아의 대지가 또 한 번 진동하는 듯했다.

자작미터에 여론조사를 의뢰하면 더 확실하겠지만, 내 생각엔 99.9퍼센트의 베튤리아 국민들은 다시 그들의 대통령을 자랑스러워할 것 같았다.

나는 아침으로 동그란 옥수수 뻥튀기(친환경 농법으로 재배한 밀과 카카오를 함유한)를 우유(자연주의 목장에서 목초를 먹인 소의 젖)와 함께 먹고 있었다. 엄마는 코코아 밀크와 치아씨를 넣은 안데스 색비름 죽을 먹고 있었다.

아침은 암브로시아가 은쟁반에다 가져다준 게 아니라 엄마와 내가 직접 준비했다. 나는 더 이상 대통령이 아니고, 암브로시아도 나의 집사가 아니기 때문이다. 우리는 이제 대통령 관저가 아닌 우리 집에서 살고 있다.

텔레비전에서는 다시 대통령 후보로 나선 아빠 루피안이 쏟아지는 기자들의 질문 세례에 진땀을 흘리고 있었다.

"루피안 후보자님, '살아남은 뿌리의 밤'으로 우리나라 역사에 기록될 그날의 한심한 행동에 대해 어떻게 설명하실 겁니까?"

마치 펜싱 검처럼 루피안을 향해 마이크를 겨냥하며 블랑카 크로니카 기자가 질문했다.

"저희 조사팀이 MB 코퍼레이션 그룹에 속한 건설회사의 존재를 밝혀냈는데요. 그 회사의 실소유주가 후보자님입니다. 이 나라의 건물들이 무너지게 하는 게 후보자님의 의도였던 게 맞습니까? 그후에 건물들을 재건하고 이 나라 국민들의 불행을 이용해 부자가 되기 위해서 말입니다."

루피안이 불편한 듯한 몸짓으로 콧수염을 들썩거리더니 가발을 다시 똑바로 쓰고는 목을 가다듬었다.

"건설회사와 '살아남은 뿌리의 밤'에 있었던 사소한 해프닝 사이에는 아무런 관련이 없습니다. 난 단지 완벽하게 합법적인 프로젝트의 공사를 시작했을 뿐입니다. 더구나 그 프로젝트는 전 대통령이 지지를 약속한 프로젝트였습니다! 땅이 붕괴해 무너져 내리는 게 아르카노 숲의 자작나무들과 관련 있다고 누가 생각하겠습니까?"

"예를 들면 저명한 지질학 박사인 아마티스토 로카가 있죠."

블랑카 기자가 반론을 제기했다.

"그분은 평생 동안 우리나라 자연환경의 안정을 위해 식물 생태계의 작은 변화에도 의문을 품고 연구에 매진하셨습니다. 안타깝게도, 후보자님의 부친인 헥토르 루피안이 로카 박사에 대한 정신의학적 소견서를 조작한 이후 머리에 깔대기를 쓴 채 '정착원'에 25년간 갇혀 있어야 했지만요."

루피안이 침을 꼴깍 삼키는 소리가 크게 울렸다.

"그게… 난… 아무것도 몰랐습니다. 아버지께서 무슨…."

그가 갑자기 말을 더듬기 시작했고, 나는 텔레비전 소리를 줄였다. 더 이상 들으나 마나 한 소리였기 때문이다.

"엄마, 아빠 루피안이 이번에 이길 거라고 생각하세요?"

"이번 사태 때문에 이미지가 많이 손상된 건 사실이야. 그렇지만 독보당의 시메온 후보는 요로 감염에 걸렸고, 동최당 블랑카 후보와 극바당 아르만도 후보는 결혼을 위해 휴전협정을 맺고 지금 크루즈 신혼여행 중이야. 그리고 도계당의 프리에타 후보는 급성 여드름이 생겨 집 밖으로 나오길 거부하고 있대. 교활한 루피안은 이런 때를 틈타 선거에 나선 거지. 상황이 좋아 보이진 않아."

"그럼 엄마, 엄마가 대통령 선거에 나갈 생각은 한 번도 해본 적 없어요?"

나는 지나가는 말처럼 슬쩍 물어봤다.

"사실, 이번에 여러 가지 일들을 해결할 수 있도록 엄마가 저한테 엄청난 도움을 주셨잖아요. 엄마는 훌륭한 정치인이 될 수 있을 것 같아요."

"그렇게 생각하니?"

엄마의 아우라가 부끄러움의 색인 짙은 핑크색으로 변했다.

"사실 몇 번은 후보로 등록해볼까 생각해보기도 했어. 당 이름도 지어뒀지. 나무 없인 못 사는 자연보호주의자 당. 그런데….."

"음… 줄이면 나못자당. 슬픈 이름이네요."

"그래, 네 말이 맞아."

엄마가 웃음을 터트렸다.

"아무래도 다시 생각해봐야겠다. 근데, 우리 예전처럼 2인용 자전거로 같이 학교에 갈까?"

대통령을 그만두고 나서부터 예전의 모든 것들을 좋아하게 되었다. 2인용 자전거를 타는 것도 포함해서 말이다. 하지만 오늘은 혼자 학교에 가고 싶었다.

"오늘은 인라인스케이트를 타고 갈게요."

나는 창피해서(정반대다. 엄마가 이렇게 자랑스러웠던 적이 없다) 엄마와 함께 가지 않는 게 아니라는 걸 알리기 위해 엄마 볼에 뽀뽀를 하고 주방을 나섰다. 보호대를 하고 인라인스케이트를 신고 헬멧을 쓰기 전, 음악 재생 앱을 켜고 에우포리아의 최근 싱글 앨범을 선택했다.

'나무 껴안기 대장'. 어마어마한 제목이군.

펠릭스 시다드의 목소리를 들으며 친환경 터보 추진장치(물론 아가타의 작품이다)가 달린 인라인스케이트를 타고 아르카노 숲을 지나면서, 저절로 미소가 지어졌다.

사람들은 내가 대통령으로서 겪었던 일들이 나한테 상처로 남았고, 그래서 의무 재임기간이 끝난 후 쉽게 대통령직을 포기했다고 생각한다. 하지만 그 때문은 아니다, 절대로.

그 100일 동안 나는 명령이란 곧 큰 책임을 수반하는 것이며, 권력을 행사하는 일에는 결과가 따른다는 것을 배웠다. 난 아직 그렇게 큰 힘을 가질 준비가 되어 있지 않았다. 다행히도 재임기간 동안 내가 일으켰던 모든 혼란들은 사라지고, 베툴리아 국민들의 삶의 질을 높여준 정책들은 살아남았지만, 사실 성공하지 못할 수도 있었다. 엄마가 곁에 있지 않았다면 말이다. 정치는 젠을 어지럽히고 아우라를 탁하게 만든다고 늘 말씀하시지만, 엄마라면 아주 훌륭한 대통령이 될 것 같다.

하비와 아가타를 만나 함께 학교에 들어가자, 루피안 주니어가 바투타 교장선생님의 방 옆 종이 더미들 사이에서 목 놓아 우는 게 보였다.

"아침에 뭘 잘못 먹었나?"

"그러게."

우리가 의아해하며 쳐다보거나 말거나, 루피안은 코를 훌쩍이며 소매로 눈물을 닦아내느라 바빴다.

"짠 거야… 우아아아아앙… 부정이라고…."

그러더니 증오에 찬 눈으로 나를 노려보면서 앞에 있는 종이들을 마구 집어 던졌다.

"부ᅳ부정…?"

나는 말이 제대로 나오지 않았다.

오싹한 기운이 퍼지며 온몸의 털이 곤두섰다. 루피안 앞에 접힌 종이 더미는 투표용지 같아 보였고, 중앙에 투입구가 있는 상자는 완벽하게 투표함과 똑같았다.

"오, 차크라스 학생. 지금 막 찾으러 가려는 중이었습니다!"

바투타 교장선생님이 교장실 문밖으로 머리를 내밀며 인사를 건넸다. 교장선생님이 밖으로 나오자 손에 은색 띠를 들고 있는 게 보였다. 그 띠에는 '학생회장'이라고 적혀 있었다.

설마, 설마!

"이번 학생회장 선거에서 차크라스 학생이 99대 1로 승리했습니다. 두 번째 임기가 되겠군요. 대통령이었던 경험을 살려 모범적인 회장이 되기를 우리 모두 바랍니다. 학교 역사상 가장 훌륭한 회장 말입니다!"

교장선생님이 내 어깨에 띠를 둘러주셨고, 내 표정을 본 하비와 아가타는 웃느라 거의 숨이 넘어갈 것 같았다. 루피안은 교장선생님이 학교 신문 1면에 실을 사진을 나와 함께 찍는 것을 보고

서는 분노에 차 숨을 쉬지 못할 지경이었다.

한순간 나의 차크라가 모두 닫혔지만, 즉시 다시 열렸다. 예상치 못하게 감투를 쓰는 건 이번이 두 번째다. 카르마가 나한테 뭔가 말하고 싶은 게 있는 걸까? 아마 그런 것 같다. 엄마가 자주 말하는 것처럼 카르마가 시킨다면 우리가 할 수 있는 건 흘러가도록 내버려두는 것밖엔 없다.

정치의 'ㅈ'자도 몰랐던 내가 베툴리아 국민들의 삶이 좋아지도록 만들었으니 우리 학교 학생들을 행복하게 만드는 건 식은 죽 먹기일지도 모른다.

그렇지 않을까?